Cam wrth Gam

Cyfres yr Onnen

Cam wrth Gam

Mared Llwyd

I Leusa a Deio

Diolch o galon i wasg Y Lolfa, yn enwedig Meinir Wyn Edwards
am ei harweiniad amhrisiadwy a'i hamynedd,
Nia Peris am olygu'r testun mor drwyadl,
ac Alan Thomas am gysodi;

i Manon am ei sylwadau gwerthfawr;

i Elgan am y clawr, ac am bopeth;

i Mali James-Williams, disgybl Blwyddyn 6 yn Ysgol Gymraeg
Aberystwyth, am ei gwaith arbennig wrth greu darluniau Cain.

Argraffiad cyntaf: 2014

Comisiynwyd y gyfrol hon gyda chymorth ariannol AdAS

Cynllun y clawr: Elgan Griffiths

Rhif Llyfr Rhyngwladol: 978 1 84771 839 6

Cyhoeddwyd ac argraffwyd yng Nghymru
gan Y Lolfa Cyf., Talybont, Ceredigion SY24 5HE
gwefan www.ylolfa.com
e-bost ylolfa@ylolfa.com
ffôn 01970 832 304
ffacs 832 782

Gaeaf

Dylai e fod wedi gwybod yn iawn taw fel hyn y byddai pethau. Roedd hi wastad fel hyn – yn araf, yn freuddwydiol, yn cymryd tair gwaith cymaint o amser ag e, os nad mwy, i wneud y pethau symlaf. Dyma'r pedwerydd tro iddi stopio ers iddyn nhw adael y tŷ, ac roedd e wedi hen syrffedu aros amdani. Wedi'r cyfan, beth oedd y pwynt cael beic un gêr ar hugain newydd sbon os taw'r cyfan roeddech chi am ei wneud oedd ymlwybro'n ansicr fel malwoden ofnus am filltiroedd yn y gêr isaf? Ble oedd yr hwyl yn hynny?

"Dere mlân, Cain!" galwodd, heb fedru cuddio'r tinc diamynedd yn ei lais. "Heddi, dim fory! Bydd hi wedi tywyllu cyn i ni hyd yn oed gyrraedd pen y rhiw!"

Difarodd yn syth. Gwyddai'n iawn pa mor sensitif oedd hi i sylwadau o'r fath. Ac roedd hi'n trio'i gorau, siŵr o fod. Cain druan! Mor lletchwith, mor drwstan, mor hyfryd o annwyl.

"Dwi'n dod, dwi'n dod, sori, sori... Dwi jyst ddim yn deall yr holl *gears* 'ma..." clywodd hi'n ateb o'r pellter islaw. "Cer di mlân os ti isie, i ben y rhiw – arhosa amdana i ar y top..."

Wyddai e ddim beth i'w wneud. Wedi'r cyfan, roedden nhw i fod allan gyda'i gilydd – yn mwynhau eu beiciau newydd, yn dathlu eu penblwyddi, yn anadlu'r awyr iach, *gyda'i gilydd*. Doedd hi ddim yn teimlo'n iawn, rywsut, iddo seiclo i ffwrdd tua'r gorwel a'i gadael hi ar ôl yn straffaglu. A doedd dim ots ganddo aros amdani. Roedd e wedi hen arfer. Ond eto, cofiodd eiriau tawel o gyngor Mam y bore hwnnw:

"Bydd rhaid i ti ddechre camu 'nôl tamed bach, cariad, a gadael i Cain ofalu amdani hi ei hun ychydig mwy. Rwyt ti'n grêt, Lleu – mor ofalus ohoni – ond r'ych chi'n un ar ddeg nawr, yn cychwyn yn yr ysgol uwchradd ym mis Medi. D'ych chi ddim yn blant bach – dyw *hi* ddim yn ferch fach… Gad iddi fod yn fwy annibynnol, i fagu ychydig o hyder, ac i beidio â bod yn dy gysgod di drwy'r amser. Er ei lles hi…"

Wrth gwrs, chlywodd Cain mo'r geiriau hynny. Byddai hi wedi torri'i chalon! Ond falle fod mymryn o wirionedd yn yr hyn ddywedodd Mam. Wedi'r cyfan, roedd e wedi bod mor ofalus ohoni erioed, ers un mlynedd ar ddeg (a phedair awr ac ugain munud union, a bod yn fanwl gywir, gan taw babis y bore bach oedden nhw). Oedd hi'n bryd iddo gymryd cam yn ôl, tybed? Falle'i fod e'n rhy ofalus ohoni…

Reit, doedd e ddim am aros. Byddai Cain yn iawn i seiclo am ryw ddau gan llath i ben y rhiw hebddo fe wrth ei hymyl – wrth gwrs y byddai hi!

"Ocê, wela i di wrth y groesffordd ar y top!" galwodd arni yn y pellter, cyn ychwanegu, "Bydd yn ofalus… cofia alw os wyt ti isie rhywbeth… fydda i ddim yn bell o dy flân di… Ti'n gallu neud hyn, Cain – bach o hyder sydd angen…"

Sylweddolodd yn syth beth roedd e'n ei wneud. Oedd, roedd Mam yn iawn, roedd e *yn* rhy ofalus ohoni, yn ei lapio hi mewn gwlân cotwm drwy'r amser, yn ceisio'i hamddiffyn hi rhag pob drwg. Pam, tybed? Arferiad, yn fwy na dim. Fel'na roedd pethau wedi bod erioed, ond doedd dim angen iddo wneud. Beth yn y byd fedrai ddigwydd iddi yn yr ychydig funudau a gymerai iddi seiclo i ben y rhiw? Dim yw dim!

Arhosodd i Cain godi llaw i gydnabod ei gyfarwyddiadau, cyn troi ei gefn arni ac ailosod ei draed ar y pedalau. Yna, dechreuodd bedlo'n nerthol yn erbyn cryfder y gwynt ac ongl y rhiw. Dyna welliant! Cael symud ar ei gyflymder ei hun. Teimlo'r awel yn erbyn ei fochau a'r adrenalin yn pwmpio trwy'i waed. Roedd hi'n anhygoel o oer heddiw, ond yn ffres, a'r coed a'r cloddiau a'r caeau moel wedi'u haddurno o hyd gan siwgwr eisin eira'r Nadolig. Tywydd perffaith ar gyfer dydd Calan – i groesawu blwyddyn newydd sbon, i ddathlu'ch pen-blwydd yn un ar ddeg oed, i seiclo o gwmpas y pentre gyda'ch chwaer ar eich beics newydd yn casglu arian Calennig...

Er, byddai'n well o lawer ganddo hepgor y casglu Calennig. Teimlai'n rhy hen erbyn hyn i fod yn codi gyda'r wawr i grwydro o dŷ i dŷ yn canu rhyw ganeuon henffasiwn. Ond fe gasglodd Cain ac yntau £88.73 rhyngddyn nhw y llynedd. Pwy yn y byd roddodd 73 ceiniog iddyn nhw?!

Mam oedd yn awyddus iddyn nhw wneud hyn heddiw.

"Mae'r hen bobol yn lico'ch gweld chi'n dod, a chi yw'r unig rai sy'n dal i neud. Bydd y traddodiad wedi marw'n llwyr yn y pentre 'ma unwaith y stopiwch chi. Ac ma 'na rywbeth sbesial am y ffaith eich bod chi'n dathlu'ch penblwyddi heddi hefyd... Dere, dim ond un waith eto, gan taw hon yw'ch blwyddyn ola chi yn yr ysgol gynradd, ocê? Fydd dim rhaid i chi wneud y flwyddyn nesa, dwi'n addo..."

Ac roedd e wedi cytuno – er nad oedd ganddo owns o amynedd gwneud – gan fod Mam wedi pwyso cymaint arno, gan fod Cain eisiau mynd a bod "na" yn air bach mor anodd i'w ddweud. Doedden nhw ddim hyd yn oed wedi cychwyn ar y canu Calennig eto (ar ôl cytuno y byddai'n well seiclo i ochr draw'r pentre yn gyntaf, cyn gweithio'u ffordd yn ôl o dŷ i dŷ). Ond roedd e wedi cael llond bol yn barod, gan wybod hefyd taw fe fyddai'n gwneud y rhan fwyaf o'r canu – sefyll y tu ôl iddo'n swil fyddai Cain! Ond, ceisiodd gysuro'i hun, o leiaf roedd yn gyfle da i fynd allan i brofi ei feic newydd.

Chwarae teg i Mam a Dad, roedd hwn yn anrheg heb ei hail – un o'r gorau erioed, heb os nac oni bai. Roedd e'n wych! Byth ers iddo'i weld am y tro cyntaf yn ffenest y siop feics yn y dre ym mis Hydref, roedd e wedi trio'i gwneud hi mor amlwg â phosib i'w rieni taw dyma fyddai ei anrheg ddelfrydol. Pan gafodd Xbox newydd yn ei le ar ddiwrnod Nadolig, fe barhaodd yn obeithiol, a bore 'ma, dyna lle'r oedd e, y beic mwyaf trawiadol a welodd erioed, yn pwyso'n dwt yn erbyn bwrdd y gegin, gyda'i bartner, ei gymar, ei efaill – beic i Cain hefyd! Tybed sut roedd Cain yn teimlo am hynny? Nid beic fyddai ei dewis cyntaf hi o anrheg – ddim o bell ffordd – ac fel arfer roedd eu rhieni'n ofalus i beidio â phrynu'r un pethau iddyn nhw gan eu bod nhw'n ddau mor wahanol i'w gilydd. Ond y tro hwn, esboniodd Mam, fe benderfynon nhw y byddai beic newydd yn syniad da i Cain hefyd – "er mwyn gwella'i chydsymud hi a'i chael hi i fwynhau gwneud ychydig o ymarfer corff". Er, roedd yr olwg ar wyneb Cain pan welodd ei hanrheg yn adrodd cyfrolau!

Cain! Cofiodd amdani'n sydyn. Roedd e'n nesáu at ben y rhiw erbyn hyn, ac yn chwys diferu. Camodd oddi ar y beic am eiliad i gael ei wynt ato, gan deimlo gwaddod yr eira ar ochr y ffordd gul yn crensian o dan ei draed. Roedd e'n dwlu ar y sŵn! Trodd i edrych am ei chwaer a'i gweld yn smotyn pitw mewn siaced felen lachar yn y pellter oddi tano. O, Cain! Doedd hi ddim hyd yn oed hanner ffordd i fyny'r rhiw eto, ac edrychai mor lletchwith ar gefn ei beic trawiadol, druan!

"Dere, Cain! Ti'n iawn?" galwodd, ond roedd e'n amau a allai hi ei glywed o gwbl, gymaint oedd cryfder y gwynt a'r pellter rhyngddyn nhw erbyn hyn. O, wfft! meddyliodd. Beth oedd o'i le mewn bod yn hunanol nawr ac yn y man? Doedd e ddim am stopio ac aros amdani bob tro – byddai hynny'n wirion.

Roedd ei fochau ar dân, er gwaetha'r awel finiog, a gallai deimlo'r chwys yn diferu ar ei dalcen. Teimlai'r helmed yn dynn am ei ben a thynnodd hi er mwyn llacio rhywfaint ar y strap. Profodd ryddhad wrth adael i'r gwynt oer wneud blerwch o'i wallt. Dyna welliant – awyr iach, a rhyddid. Er ei fod yn sylweddoli pwrpas hollbwysig gwisgo helmed wrth farchogaeth beic, teimlai weithiau nad oedd hi'n ddim ond poen – yn drwm a chwyslyd ac anghyffordus ar ei ben. Ac roedd yr un newydd braidd yn fach iddo – yn gwasgu ochrau ei dalcen, gan achosi cur pen.

Cyn gosod ei draed yn ôl ar y pedalau, cymerodd gipolwg o'i gwmpas. Doedd yr un enaid byw i'w weld, heblaw am ambell ddafad gysglyd yn y caeau cyfagos. Wel nag oedd, siŵr iawn, meddyliodd – roedd y rhan fwyaf o bobl, a defaid, yr ardal yn cysgodi rhag yr oerfel, os oedden nhw'n hanner call, a hithau mor gynnar ar fore Calan! Doedd yr un smic i'w glywed, chwaith – dim ond sŵn tawelwch a llonyddwch pur – er ei fod yn hanner disgwyl clywed sŵn Cain yn tuchan yn y pellter islaw. Cymerodd gip sydyn y tu ôl iddo eto. Oedd, roedd hi'n dal yno ond doedd y bwlch rhyngddyn nhw ddim wedi lleihau rhyw lawer. Ailddechreuodd bedlo'n chwyrn. Gadawodd i'w helmed hongian yn rhydd oddi ar lyw'r beic yn hytrach na'i hailwisgo. Dim ond nes cyrraedd y groesffordd ar ben y rhiw. Byddai'n ei gwisgo wedyn. Teimlai braidd yn rhyfedd – wedi'r cyfan, roedd peidio gwisgo helmed yn beryglus, yn anghyfrifol ac yn wirion. Roedd synnwyr cyffredin, yn ogystal â'r llu o bosteri yn y siop feics a'r cyfarwyddiadau clir a gawsant yn y gwersi beicio yn yr ysgol, wedi dysgu hynny iddo. Ond eto, roedd hi'n wefr heb ei hail teimlo'r gwynt trwy ei wallt, ac roedd ei gur pen wedi dechrau gwella'n barod. Dim ond i ben y rhiw, dyna i gyd. Doedd dim ceir o gwmpas, beth bynnag, a gallai glywed pe bai un yn agosáu, a stopio i wisgo'i helmed pe bai angen.

Yn sydyn, wrth bedlo nerth esgyrn ei draed, cofiodd am y clipiau fideo a welodd droeon o Geraint Thomas, Chris Hoy, Bradley Wiggins a Mark Cavendish yn rasio mewn cystadlaethau byd-enwog – Gêmau'r Gymanwlad, y Gêmau Olympaidd, Pencampwriaethau'r Byd, y Tour de France… Ac am eiliad, roedd e yno, yn eu canol nhw, yn cystadlu am y fedal aur, y siwmper felen. Lleu Gruffudd, seiclwr proffesiynol, un o oreuon y byd. Roedd bloeddiadau'r dorf yn ei fyddaru, y lliwiau di-ri yn ei ddallu, yr holl oriau ac wythnosau a misoedd o ymarfer wedi arwain, o'r diwedd, at yr un foment dyngedfennol hon. Caeodd bopeth arall allan o'i feddwl. Dim ond am eiliad…

Roedd y llinell derfyn yn agosáu, y wobr o fewn ei gyrraedd... Cododd ei ben i edrych am yr arwyddbost ar y groesffordd ar ben y rhiw, yr arwydd fod y ras ar ben, ei fedal yn ddiogel ac edmygedd y byd i gyd yn aros amdano...

Ond y cyfan a welodd oedd y car coch yn sgrialu'n wyllt tuag ato, cyn i bopeth droi'n ddu.

Gwanwyn

Dydd Sul, Mawrth y 1af

Wel, Lleu, ble mae dechrau? Dwi'n syllu a syllu ar dudalennau gwyn, gwag y llyfr nodiadau 'ma, ond does gen i ddim syniad beth i'w sgrifennu. Y broblem fwyaf yw fod cymaint i'w sgrifennu, cymaint i'w ddweud, fel ei bod hi'n anodd gwybod ble mae'r dechrau'n *dechrau*, os wyt ti'n deall beth dwi'n feddwl. Nag wyt, siŵr o fod. "Cain, stopia fwydro!" – dyna fyddet ti'n ei ddweud. Dyna roeddet ti wastad yn ei ddweud (ond mewn ffordd ddigon annwyl, chwarae teg).

Ydw, dwi *yn* mwydro. Ond dyna dwi'n ei wneud pan dwi'n nerfus, yn poeni, yn ansicr beth i'w ddweud – ti'n gwybod hynny, Lleu. Gallwn i sgrifennu'n hawdd am y cant a mil o wahanol bethau dwi'n eu gweld o 'nghwmpas i'r eiliad hon – y cyrtens plaen, dibatrwm; y peiriannau a'r gwifrau a'r sgriniau di-ri sy'n gwneud eu gwaith mor effeithiol; y goleuadau cryf yn wincio o'r nenfwd; y rhesi o gardiau yn llawn cyfarchion cynnes; y waliau a'r lloriau gwynnach na gwyn sy'n gwneud dolur i'n llygaid i, yn fy nallu i bron… Ond beth fyddai'r pwynt? Dyw'r cyfan yna'n golygu dim i ti ar hyn o bryd. Nac i fi, chwaith, mewn gwirionedd.

Dere, Cain! Dyna un o dy hoff ymadroddion di, a'r un roeddet ti'n ei ddweud amlaf, siŵr o fod! "Dere, Cain! Dere!" Oes, mae'n rhaid i fi wneud hyn – llenwi gwacter y llyfr nodiadau 'ma, a llenwi'r gwacter yn dy ymennydd di. Er dy fwyn di. Y doctoriaid ofynnodd i fi gadw dyddiadur, cofnodi'r holl bethau pwysig, er mwyn i ti gael eu darllen nhw, rywbryd, pan fyddi di'n gallu. Pan fyddi di'n... well. Roedden nhw'n meddwl y byddai hynny'n gwneud lles i finnau hefyd – yn gyfle i fi roi fy nheimladau i lawr ar bapur, gan nad ydw i wedi siarad rhyw lawer am bethau ers... ers beth ddigwyddodd. A ti'n gwybod fel ydw i, Lleu – unrhyw esgus i sgrifennu. Lot gwell gyda fi hynny na gorfod *siarad* â phobl, yn enwedig pobl ddieithr.

Ond eto, mae hyn yn wahanol i'r straeon bach dibwys dwi'n eu sgrifennu fel arfer, sy'n llawn dychymyg ac sy'n dod mor rhwydd a diymdrech. Achos mae hyn yn *bwysig*. Yn *siriys*. Dyw hyn ddim am bobl eraill – pobl ddychmygol sy'n bodoli ar ffurf geiriau a brawddegau mewn ffuglen. Mae hyn yn digwydd go iawn, i *ni*. *Rhaid* i fi wneud hyn, Lleu, er dy fwyn di, i drio esbonio ble rwyt ti, sut gyrhaeddaist ti yma, pwy wyt ti, pwy oeddet ti a phwy fyddi di eto, gobeithio. Gobeithio...

Fel y gweli di, mae hi'n Fawrth y cyntaf. Yn ddydd Gŵyl Dewi, yn ddiwrnod dathlu. Ac ydy, mae hi *yn* ddiwrnod dathlu, i ni beth bynnag. Ond nid â chennin Pedr na draig goch na chacen gri na thorth o fara brith, ond ag ochenaid enfawr o ryddhad a gweddi dawel o ddiolch (do, dwi'n gwybod 'mod i wedi sôn sawl tro o'r blaen nad ydw i'n credu mewn Duw, ond dwi'n meddwl falle 'mod i wedi dechrau newid fy meddwl dros yr wythnosau diwethaf. Falle...). Achos bore 'ma, Lleu, yn gynnar yn y bore bach, fe ddywedaist ti dy air cyntaf!

Wel, y cyntaf ers y ddamwain, beth bynnag. Am wyth wythnos gyfan fe fuest ti'n hollol dawel. Meddylia! A finnau erioed wedi meddwl y byddwn i'n dyheu cymaint i dy glywed di'n dweud rhywbeth, unrhyw beth (wir – hyd yn oed "Dere, Cain!" neu "Cain, stopia fwydro!").

Dad glywodd ti. Roedd e'n pendwmpian wrth erchwyn dy wely di, a Mam a finnau wedi mynd i orffwys dros nos yn y fflat mae'r ysbyty wedi'i darparu ar ein cyfer ni. Doedd Mam ddim wedi cysgu ers tri diwrnod cyfan cyn hynny, ac roedd wir angen hoe arni. Dyw hi ddim yn cysgu o gwbl y dyddiau yma, a bod yn onest, ac mae golwg welw ofnadwy arni. Mae hi wedi colli cymaint o bwysau ers i ni ddod yma, ac wedi heneiddio blynyddoedd mewn ychydig wythnosau. Fyddet ti ddim yn ei hadnabod hi, Lleu. (Dwi newydd ddarllen dros y frawddeg yna a sylweddoli pa mor eironig yw hi. Wedi'r cyfan, *dwyt* ti ddim yn ei hadnabod hi ar hyn o bryd, dyna'r broblem.)

Beth bynnag, alla i ond dychmygu'r sioc gafodd Dad, ac yntau rhwng cwsg ac effro, pan glywodd e dy fwmian aneglur di! Dyw e ddim yn siŵr beth yn union ddywedaist ti, nac os oedd e'n air go iawn, hyd yn oed. Dwi'n meddwl ei fod e mewn gormod o sioc i werthfawrogi'r foment ac i brosesu'r hyn oedd yn digwydd. Ond fe ddywedaist ti *rywbeth*, dyna sy'n bwysig. (I ti gael gwybod, dwi'n hoffi meddwl taw "Cain" roeddet ti'n trio'i ddweud. Byddai hynny'n gwneud synnwyr oherwydd dyna oedd dy air cyntaf di y tro cyntaf rownd, deg mlynedd a mwy yn ôl, felly pam ddylai'r tro hwn fod yn wahanol? Er, dwi'n sylweddoli pa mor annhebygol yw hynny, mewn gwirionedd, a taw rhywbeth cwbl amherthnasol fel "sôs coch" ddywedaist ti, siŵr o fod, er mwyn gwneud i ni gyd chwerthin. Pwy a ŵyr? Fyddai hynny'n synnu dim arna i, Lleu!)

Felly, bore 'ma fe ddechreuaist ti siarad eto, a thair wythnos union yn ôl i heddiw fe agoraist ti dy lygaid. Reit – ti yw'r mathemategydd – am faint fuodd dy lygaid di ar gau? Ie, pump wythnos (dwi hyd yn oed yn gallu gwneud y sym yna heb drafferth!). Pump wythnos, Lleu – meddylia! Mae hynna'n lot fawr o gwsg! (A ti oedd wastad yn dweud taw *fi* oedd yr un ddiog!) Dwy garreg filltir bwysig, meddai'r doctoriaid, cyn ychwanegu yn siriys reit bod gyda ti "ffordd hir iawn" i fynd. Hir iawn, iawn, iawn.

Buon nhw'n gwneud profion arnat ti am oriau wedyn. Dyw hynny'n ddim byd newydd erbyn hyn, i ti gael deall, a'r eironi mwyaf yw dy fod ti'n arfer mwynhau profion yn yr ysgol – profion sillafu a Maths a Gwyddoniaeth. Mae'r rhain yn brofion hollol wahanol, cofia, ac yn dipyn anoddach hefyd, a dwyt ti ddim wedi gwneud cweit cystal ynddyn nhw hyd yn hyn, mae arna i ofn. Yna, fe alwon nhw Mam a Dad mewn i stafell ar wahân i gael "gair preifat". Dwi'n hen gyfarwydd â hynny ar ôl dau fis o fod 'ma. Mae 'na rai pethau na allan nhw'u dweud o fy mlaen i, esboniodd Mam wrtha i un tro. Dwi'n deall hynny, ac mae Mam a Dad yn dda iawn am fynd dros pethau gyda fi wedyn, yn eu geiriau nhw eu hunain. Ond mae'r hyn maen *nhw'n* ei ddweud, hyd yn oed, yn gallu bod mor gymhleth, mor anodd ei ddeall a'i gredu a'i *dderbyn*, a dwi'n siŵr nad ydyn nhw'n datgelu'r cyfan wrtha i, ddim bob tro.

Trio'n amddiffyn i maen nhw, dwi'n gwybod, ond dwi'n teimlo weithiau y byddai'n well gen i glywed y cyfan – pob manylyn, waeth pa mor frawychus. Falle y byddai popeth yn gwneud ychydig bach mwy o synnwyr wedyn. Falle... Ond er 'mod i eisiau gwybod popeth, mae 'na ran fach ohona i sydd ddim eisiau gwybod chwaith. Ydy hynny'n gwneud synnwyr, Lleu? ("Nadi, Cain – stopia fwydro!" meddet ti yn dawel bach yn dy ben!)

Mae'r doctoriaid yn hapus iawn gyda'r hyn ddigwyddodd bore 'ma, ac yn hyderus y cei di adael yr Uned Gofal Dwys cyn hir. Ond, ar ôl gwneud yr holl brofion arnat ti, maen nhw'n siŵr fod yr hyn roedden nhw'n ei ofni yn wir. Mae niwed wedi'i wneud i dy ymennydd di. Pa fath, faint yn union a pha mor barhaol, dydyn nhw ddim yn siŵr. Mae'n rhy gynnar i ddweud. "Amser a ddengys," meddai Mam trwy'i dagrau. Ond mae un peth yn amlwg – dwyt ti'n cofio dim, ar hyn o bryd, am bwy wyt ti, am beth ddigwyddodd i ti ar ddiwrnod y ddamwain, nac am dy fywyd di cyn hynny. Dydyn nhw ddim yn credu bod syniad gyda ti pwy yw dy deulu di ar hyn o bryd, hyd yn oed – Mam a Dad a fi. Mewn difri, Lleu, sut yn y byd allet ti beidio â 'nghofio i?!

Daeth dau o'r prif ddoctoriaid i siarad â fi wedyn. Dyna pryd ofynnon nhw i fi sgrifennu'r dyddiadur yma i ti:

"You never know – one day, it might

benefit him greatly to read it," meddai un ohonyn nhw mewn Saesneg crand (Saesneg maen nhw i gyd yn siarad fan hyn, gyda llaw). "But we have to go slow. It will take time and patience. Go slow, remember – one step at a time. Go at his own pace. Give him time to unravel by himself. We can't rush him."

Roeddwn i'n meddwl bod hynny'n reit ddoniol, a bod yn onest. Os oes unrhyw un yn haeddu'r label '*go slow*', fi yw honno. Wnest ti erioed unrhyw beth yn dy fywyd heb dy fod ti yn y gêr uchaf!

Fe esbonion nhw wedyn bod dy gof di, ar ôl y ddamwain, fel albwm lluniau gwag sydd angen cael ei ail-lenwi fesul llun, gan bwyll bach. Gwaith Mam a Dad a fi fydd hynny, ond fe gymerith hi amser. Dwi am drio 'ngorau, Lleu, dwi'n addo. Fy ngorau glas, glas, glas.

Mae hi'n ddiwedd y prynhawn erbyn hyn, a tithau'n cysgu unwaith eto. Mae Mam a Dad yn eistedd wrth dy wely di, yn dal yn dynn, dynn yn nwylo'i gilydd ac yn syllu arnat ti'n dawel (maen nhw'n gwneud tipyn o hynny y dyddiau yma). Byth ers i ti ddod allan o'r coma, dwi'n meddwl eu bod nhw'n ofni gadael i ti gysgu'n rhy hir, rhag ofn na wnei di ddeffro eto.

Dwi'n eistedd yn y gadair freichiau draw wrth y ffenest, yn meddwl a meddwl ble i ddechrau…

Ond mae'n anodd, Lleu! Sut yn y byd mae gwasgu un flynedd ar ddeg i lyfr nodiadau maint A5? Edrych – dwi wedi sgrifennu chwe thudalen yn barod, ond heb *ddweud* dim, mewn gwirionedd. O, helpa fi, Lleu! Beth sy'n bwysig i'w gofnodi? Faint sydd angen ei sgrifennu?

Ydw i'n dechrau yn y dechrau ac yn gweithio ymlaen, neu'n dechrau yn y presennol a gweithio 'nôl? O, Lleu, ti'n gwybod 'mod i'n anobeithiol am wneud penderfyniadau. Ti sydd fel arfer yn penderfynu popeth drosta i. Ond rhaid i fi drio, rhaid i fi, *rhaid i fi*.

Reit. Dwi am ddechrau, rhywle, *unrhyw le*. Dyma ti, Lleu − ambell ffaith ddiddorol amdanat ti (wedi'r cyfan, rwyt ti wrth dy fodd â rhestrau − rhaid i bopeth fod yn daclus ac mewn trefn, fel'na mae dy feddwl di'n gweithio. Neu fel'na *roedd* dy feddwl di'n gweithio, o leiaf. Does dim syniad gen i sut mae dy feddwl di'n gweithio ar hyn o bryd).

- Dy hoff liw di yw coch − lliw Lerpwl a Chymru.
- Dy hoff fwyd di yw brechdan jam a menyn cnau (YCH A FI!), ond fyddet ti ddim yn bwyta seleri (IYM!) am fil o bunnoedd (ocê, can punt falle…).
- Mae gen ti fan geni bach y tu ôl i dy glust chwith nad oes llawer o bobl yn gwybod amdano. (Er, ar hyn o bryd, mae e'n reit amlwg i bawb gan iddyn nhw siafio dy wallt adeg dy lawdriniaeth gyntaf di. Rwyt ti'n edrych fel *convict*, a bod yn onest!)
- Rwyt ti wrth dy fodd yn dysgu ffeithiau newydd, am unrhyw beth dan haul, ac rwyt ti'n wych am eu cofio nhw. "Gwyddoniadur ar ddwy droed" roedd Mrs Puw yn arfer dy alw di yn yr ysgol.
- Pe baet ti'n cael gwneud unrhyw swydd yn y byd ar ôl tyfu'n hŷn, byddet ti'n dewis naill ai bod yn sylwebydd chwaraeon, yn ofodwr, yn feteorolegydd

(rhyw fath o wyddonydd sy'n ymchwilio i'r tywydd – wel, dyna ddywedaist ti wrtha i rywdro) neu'n rhaglennwr gêmau cyfrifiadurol. Maen nhw i gyd yn swnio braidd yn ddiflas i fi, ond fe allet ti wneud y pedair gyda'i gilydd yn rhwydd, siŵr o fod!

- Pan oeddet ti'n naw oed, fe gyrhaeddaist ti rownd derfynol rhaglen deledu *Mastermind Plant Cymru* (do, wir!), a dy bwnc arbenigol di oedd Planedau Cysawd yr Haul. Fe sgoriaist ti 38 marc allan o 40 – un yn llai na'r enillydd! Dwi'n siŵr taw fi oedd y cefnogwr mwyaf balch yn yr holl gynulleidfa y diwrnod hwnnw.

- Rwyt ti'n wych am wneud ffrindiau newydd, ac mae dy bersonoliaeth gynnes, gyfeillgar di yn gwneud i bobl ddwlu arnot ti'n syth.

- Rwyt ti'n wych am goginio caws ar dost gyda'r smotyn lleiaf o Worcestershire Sauce.

- Ti yw fy mrawd mawr i – dim ond o bedair munud a hanner, cofia!

- Dwi'n ei chael hi'n anodd iawn ymdopi hebddot ti ar hyn o bryd, ac yn gweld dy eisiau di yn fwy na'r byd i gyd yn grwn.

Oes, Lleu, mae 'na luniau di-ri i lenwi albwm gwag dy gof di. A dwi prin wedi dechrau eto.

Dydd Sadwrn, Mawrth y 7fed

Sori, Lleu, ddyliwn i fod wedi dechrau trwy esbonio lle'r wyt ti. Byddai hynny'n help! Dwi ddim yn dda iawn am gynllunio pethau cyn sgrifennu, fel ti'n gwybod.

Gwell o lawer gyda fi jyst sgrifennu a sgrifennu'n rhydd – gadael i'r geiriau reoli wrth iddyn nhw lifo'n drwch dros y papur. Beth bynnag, rwyt ti yn Lerpwl, yn yr ysbyty plant, ac ar hyn o bryd rwyt ti'n dal yn yr Uned Gofal Dwys. Mae'r lle 'ma wedi bod yn gartref i ti ers naw wythnos a mwy erbyn hyn, ac yn gartref i ninnau hefyd, mewn ffordd. Naw wythnos gyfan! Alli di gredu hynny?

Dydd Sadwrn yw hi heddiw, felly dwi a Dad yma gyda ti, yn ogystal â Mam, sydd prin wedi gadael ochr dy wely di ers i ti gyrraedd yma. Dwi wedi penderfynu taw ar y penwythnosau – pan fydda i yma yn Lerpwl – y bydda i'n sgrifennu yn hwn. Mae hynny'n gwneud mwy o synnwyr na thrio sgrifennu rhywbeth bob dydd, a finnau mor bell oddi wrthot ti. A gan fod y dyddiau mor ofnadwy o hir pan fydda i ar y ward 'ma, bydda i'n falch o gael rhywbeth i'w wneud i lenwi'r amser. Ond bydda i'n cadw'r llyfr nodiadau gyda fi bob amser, ble bynnag y bydda i. Dim ond fi fydd yn cael darllen y cynnwys, dwi'n addo. A ti, Lleu, wrth gwrs, rhyw ddiwrnod.

Mae wythnos gyfan ers i fi ddechrau sgrifennu'r dyddiadur 'ma, ac ers i tithau ddechrau cyfathrebu gyda'r byd unwaith eto. Ar y naill law, mae amser yn hedfan o un wythnos i'r llall, ond ar y llaw arall, gallwn dyngu bod holl glociau'r bydysawd wedi stopio y foment honno naw wythnos yn ôl, ar fore dydd Calan.

Fe gyrhaeddodd Dad a fi yma'n hwyr neithiwr. R'yn ni'n nabod y ffordd fel cefnau'n dwylo erbyn hyn, ac mae Dad yn honni y gallai yrru'r holl ffordd yma a 'nôl adre â'i lygaid wedi'u cau'n dynn (er, fyddwn i ddim wir yn hoffi'i weld e'n trio, neu nid ti fydd yr unig un mewn Uned Gofal Dwys!). O ie – fe ddyliwn i esbonio, sori – fe benderfynodd Mam a Dad ar ôl i ti ddeffro, bron i fis yn ôl erbyn hyn, y byddai'n gwneud synnwyr i Dad a fi fod gartref yn ystod yr wythnos, er mwyn i Dad allu mynd i'w waith a finnau i'r ysgol, ac y bydden ni'n dod atoch chi bob penwythnos. Ac mae'n rhaid i ni fynd adre i wneud yn siŵr fod Cadi'n iawn, wrth gwrs. Wyt ti'n cofio Cadi, Lleu? Nag wyt, wrth gwrs. Dy gi di yw Cadi – fe gest ti hi'n anrheg ben-blwydd dair blynedd yn ôl, pan ges innau lond tanc o bysgod trofannol. Labrador lliw siocled yw hi, ac mae'i chôt hi'n feddal fel sidan. R'ych chi'n ffrindiau gorau ac mae hithau, fel pawb arall, ar goll hebddot ti. Paid â phoeni, bydd hi'n siŵr o gael ei chrybwyll yn gyson yn y dyddiadur 'ma!

Felly, bob prynhawn Gwener am hanner awr wedi tri, mae Dad yn fy nghasglu i wrth gât yr ysgol ac r'yn ni'n dechrau ar y siwrnai hir draw yma i Lerpwl. A bob nos Sul, mor hwyr ag y gallwn ni, r'yn ni'n dechrau ar y siwrnai hirach fyth 'nôl adre. Mae Mam yn aros yma gyda ti drwy'r wythnos. Mae ei bòs hi wedi bod yn wych, chwarae teg, ac yn dweud y gall hi gymryd faint bynnag o amser sydd angen o'r gwaith. Does gan neb y syniad lleiaf ar hyn o bryd faint o amser fydd hynny. Ac er bod fflat yr ysbyty yn gyfleus iawn, dwi'n amau taw fan hyn, wrth erchwyn dy wely di, mae hi'n treulio'r rhan fwyaf o'i hamser, ddydd a nos.

Dwi ddim yn ei beio hi. Fel'na fyddwn i hefyd, pe bawn i ond yn cael hanner cyfle. A bod yn onest, fe gawson nhw dipyn o drafferth fy narbwyllo i i dderbyn y trefniant 'ma. Ond beth fedrwn i wneud? Byddai'n well o lawer gyda fi fod yma gyda ti bob eiliad fel Mam, ac mae'n torri 'nghalon i orfod gadael bob nos Sul. Mae'n waeth byth cyrraedd adre i dŷ gwag, a Cadi'n sefyll yn ddisgwylgar wrth ddrws y ffrynt gan ysgwyd ei chynffon yn wyllt. Er ei bod hi'n ddigon bodlon gweld Dad a finnau, dwi'n gwybod taw aros amdanat ti mae hi. Bydd hi'n gorwedd am oriau wedyn yn syllu ar y drws, ei phen yn gorffwys ar ei phawennau, yn aros ac aros. Cadi druan. Mae naw wythnos yn amser hir i aros i rywun ddod adre.

Felly dyna'r trefniant. Mae'n bwysig 'mod i'n parhau i fynd i'r ysgol a finnau ym Mlwyddyn 6, meddai Mam a Dad, ac yn bwysicach fyth cadw rhyw fath o normalrwydd yn ein bywydau ni. Normalrwydd? Does dim byd *normal* am yr hyn sydd wedi digwydd dros y naw wythnos diwethaf 'ma, a dwi'n cael y teimlad weithiau na fydd unrhyw beth yn normal fyth eto...

Beth bynnag... Sori, dwi'n mwydro eto. 'Nôl at y pwynt. Mae'n debygol taw yma yn yr Uned Gofal Dwys y byddi di am ychydig eto. Ond mae'r doctoriaid yn hapus gyda dy ddatblygiad di ac yn gobeithio y cei di symud i'r Uned Niwroleg cyn hir, lle byddi di'n cael sylw arbenigol er mwyn trio adfer rhai o dy sgiliau di ac ailadeiladu dy fywyd di.

Rwyt ti wedi trio yngan ambell air arall ers dydd Sul diwethaf, er nad yw unrhyw beth rwyt ti'n ei ddweud yn gwneud rhyw lawer o synnwyr ar hyn o bryd (galla, fe alla i dy glywed di nawr – "Jyst fel ti 'te, Cain!"). Mae'r niwed gafodd dy ymennydd di adeg y ddamwain yn golygu taw dim ond ychydig o eirfa – Cymraeg, dim Saesneg – sydd gyda ti ar hyn o bryd. Y peth gwaethaf, a'r anoddaf i'w dderbyn, yw ei bod yn dod yn fwy a mwy amlwg nad wyt ti'n cofio dim am dy fywyd di. Does dim syniad gyda ti pwy wyt ti, na phwy yw neb arall ohonon ni chwaith. Mae hynny mor, mor rhyfedd. Meddylia, Lleu – ti, y bachgen sy'n cofio'r ffeithiau rhyfeddaf fel arfer!

Fis ar ôl y ddamwain, fe es i 'nôl i'r ysgol. Dyna beth oedd profiad rhyfedd! Roedd hi'n anodd cofio pryd fu'n rhaid i fi fynd i'r ysgol hebddot ti cyn hynny (wedi'r cyfan, doeddet ti BYTH BYTHOEDD yn sâl). Roeddwn i'n teimlo fel pe bai rhan ohona i ar goll. Wir, Lleu, roedd yr holl brofiad fel camu i fyd estron. Ar yr un llaw, roedd popeth mor gyfarwydd – yr un lluniau ar y waliau, yr un llyfrau ar y silffoedd, yr un wynebau ar yr iard. Ond eto, roedd popeth mor anhygoel o anghyfarwydd.

Mae pawb wedi bod yn ffeind iawn wrtha i, wrth gwrs. Mae'r athrawon yn holi'n aml ydw i'n iawn ac mae Mrs Puw, y brifathrawes, wedi dweud wrtha i sawl tro am fynd ati os bydda i'n teimlo "pethe'n mynd yn ormod". Mae Miss Llywelyn wedi bod yn grêt hefyd (hi yw athrawes Blwyddyn 5 a 6, Lleu – mae hi'n lyfli ac r'yn ni'n dau'n dwlu arni).

"Cofia 'mod i yma i wrando, Cain," meddai hi wrth gydio yn fy llaw i y diwrnod cyntaf es i 'nôl, cyn ychwanegu, "Dwi'n deall shwt ti'n teimlo." Ond, â phob parch, dwi ddim yn meddwl bod ganddi hi, na neb arall, y syniad lleiaf sut dwi'n teimlo. Dwi ddim yn meddwl 'mod i fy hunan yn gwybod.

Mae'r plant eraill wedi bod yn garedig, chwarae teg – yn gofyn sut ydw i ac yn cynnig cadw cwmni i fi amser chwarae. Rhaid bod Mrs Puw neu Miss Llywelyn – a'u rhieni, siŵr o fod – wedi siarad â nhw ar ôl yr hyn ddigwyddodd, achos maen nhw'n cymryd tipyn mwy o sylw ohona i nawr nag oedden nhw cyn y ddamwain. Mae hyd yn oed Nerys a Lisa a Betsan (nhw yw merched 'cŵl' Blwyddyn 6, i ti gael gwybod) yn ddigon neis wrtha i, ac mae'r bechgyn wedi cynnig i fi chwarae pêl-droed ambell dro amser chwarae. Byddai hynny'n siŵr o wneud i ti chwerthin, Lleu. Dychmyga! Fi, yn chwarae pêl-droed, gyda'r ddwy droed chwith 'ma sydd gen i! Does dim bai arnyn nhw am gynnig – dydyn nhw ddim yn hoffi 'ngweld i ar fy mhen fy hun, a dwi'n meddwl eu bod nhw'n teimlo trueni drosta i, a rhyw fath o deyrngarwch tuag atat ti. Mae pawb yn poeni cymaint amdanat ti – Gethin ac Efan, a Tommy hefyd – ond dwi'n gwybod nad ydyn nhw wir eisiau i fi chwarae pêl-droed.

Ond dwi ddim yn meindio bod ar fy mhen fy hun amser chwarae. Dwi wedi hen arfer. Mae'n braf cael llonydd weithiau, a ti'n gwybod fel ydw i – yn mwynhau fy nghwmni fy hun. Dwi ddim yn grêt am wneud ffrindiau newydd, yn hollol wahanol i ti, sy'n joio bod yng nghanol hwyl a miri'r iard, yn ganolbwynt sylw pawb! Yn aml y dyddiau yma dwi jyst yn trio dod o hyd i gornel fach dawel er mwyn eistedd a meddwl, a gwylio pawb arall. Dwi ddim eisiau i unrhyw un feddwl 'mod i'n *sad* nac yn rhyfedd na dim. Fel'na dwi wastad wedi bod, ac er bod yr athrawon a Mam a Dad yn arfer poeni amdana i pan oeddwn i'n iau, roeddet ti'n deall yn iawn. Byddet ti'n dod ata i ar yr iard bob hyn a hyn, wrth i fi sgetsio'n dawel yn y gornel, jyst i wneud yn siŵr 'mod i'n iawn. "Ti'n ocê, Cain?" meddet ti, â gwên garedig a winc ddeallgar, cyn mynd 'nôl at y bechgyn i chwarae pêl-droed. Tri gair bach – mwy o osodiad na chwestiwn, mewn gwirionedd, ond roedden nhw'n golygu cymaint. Roeddet ti'n *deall*, Lleu – yn fy neall i.

Sori, dwi'n mwydro eto. Cofnod amdanat ti yw hwn i fod, ddim amdana i! Felly 'nôl at y pwynt – tra 'mod i'n treulio dyddiau'r wythnos mewn tŷ ac ysgol gyfarwydd, rwyt ti gannoedd o filltiroedd i ffwrdd ar ward ysbyty wedi dy amgylchynu gan beiriannau a sgriniau a doctoriaid, a phob anadliad a symudiad ac ebychiad yn cael eu cofnodi a'u harchwilio a'u dadansoddi. Beth yn y byd sy'n mynd ymlaen yn dy ben di wrth i hyn i gyd ddigwydd, tybed? Alla i ond dychmygu...

Gyda llaw, Lleu, tra 'mod i'n cofio, wyt ti'n hoffi'r lluniau bach sy'n addurno tudalennau'r dyddiadur? Fi wnaeth nhw. Dwi'n dwlu ar wneud lluniau, a dyna un o'r unig bethau dwi'n well na ti am wneud. Hynny a sgrifennu. A mwydro, falle...!

Reit, llai amdana i, Lleu, a mwy amdanat ti:

- Rwyt ti wrth dy fodd yn nofio, ac yn ymarfer dri bore'r wythnos gyda'r clwb nofio yn y dre. Mae hynny'n golygu codi am 6 y bore, Lleu! Yn y gwely yn mwynhau oriau o gwsg ychwanegol fydda i, gyda llaw, ac unrhyw un arall hanner call hefyd! Ond, mae'n amlwg fod yr holl ymarfer wedi dwyn ffrwyth – llynedd, ti oedd pencampwr nofio dull broga 50 metr o dan 12 oed y sir i gyd!

- Dwyt ti ddim yn rhy hoff o bobl yn cyffwrdd dy draed di.

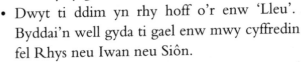

- Ti yw capten timau rygbi, criced a phêl-droed yr ysgol.

- Dwyt ti ddim yn rhy hoff o'r enw 'Lleu'. Byddai'n well gyda ti gael enw mwy cyffredin fel Rhys neu Iwan neu Siôn.

- Ond mae Lleu yn enw perffaith i ti, gan fod gen ti wallt golau a llygaid glasach na glas (yn hollol wahanol i fi, sydd â gwallt a llygaid brown fel siocled. Rwyt ti'n tynnu ar ôl Mam, a finnau ar ôl Dad. Pwy ddywedodd fod yn rhaid i efeilliaid fod yn debyg?). Er, alli di ddychmygu'r drafferth mae'r staff fan hyn yn Lerpwl yn ei gael wrth drio ynganu dy enw di – ein henwau ni'n dau? (Gyda llaw, dwi'n digwydd meddwl bod 'Cain' yn enw perffaith i fi hefyd. Cain – santes o'r bumed neu'r chweched ganrif, merch brydferth y Brenin Brychan. Ydy – enw perffaith!)

- Pe baet ti'n mynd i ynys bellennig ac yn gorfod

dewis tair eitem i fynd gyda ti, byddet ti'n siŵr o ddewis dy liniadur (gan obeithio y byddai cyflenwad trydan a chysylltiad â'r we yno!), dy ddillad nofio a phêl o ryw fath. O, a byddet ti'n siŵr o drio smyglo Cadi yno hefyd, i chwarae pêl gyda ti!

- Rwyt ti'n gallu rolio dy dafod i siâp 'u' heb drafferth (dwi ddim, er i fi drio a thrio).
- Rwyt ti'n wych am wneud posau Sudoku anodd.
- Rwyt ti wedi gwylio pob un o'r ffilmiau Harry Potter o leiaf bedair gwaith yr un, a dwi'n siŵr y gallet ti adrodd sgript gyfan ambell un ohonyn nhw ar dy gof. (Dwi newydd sylweddoli bod hynny'n beth gwirion braidd i'w ddweud, o ystyried y sefyllfa bresennol...)

Mae'n hwyr erbyn hyn, Lleu, a Dad newydd ddod draw i ddweud ei bod hi'n bryd mynd 'nôl i'r fflat i gael ychydig o swper. Dwi ddim wir eisiau bwyd, ond dwi wedi bod yn sgrifennu ers bron i ddwy awr, ac mae fy llaw i'n gwneud dolur erbyn hyn. Does dim stop arna i unwaith dwi'n dechrau – ti'n gwybod fel ydw i! Dwyt ti ddim wedi symud rhyw lawer drwy'r prynhawn, heblaw am agor dy lygaid am ychydig. Dwi am adael y dyddiadur am heno, Lleu, ond mae cymaint mwy i'w sgrifennu fory. Mae cymaint, cymaint mwy i'w ddweud.

Dydd Sul, Mawrth yr 8fed

Iawn, gan taw cofnod i drio dy helpu di i gofio pethau pwysig yw'r dyddiadur 'ma i fod, gwell i fi fwrw ati. Ond does yr un o'r ddau ohonon ni'n cofio'n iawn beth ddigwyddodd y bore hwnnw, Lleu – bore'r ddamwain. Y gwahaniaeth mawr yw nad wyt ti'n *gallu* cofio – ddim ar hyn o bryd, beth bynnag. *Dewis* peidio cofio ydw i. Trio 'ngorau glas i beidio â chofio. Mae hi'n haws o lawer fel hynny.

Wrth gwrs, maen nhw wedi trio 'nghael i i siarad am y peth ddegau o weithiau ers Ionawr y cyntaf – yr heddlu, y doctoriaid, a Mam a Dad. Ond dwi wastad yn llwyddo i ddarbwyllo'n hun taw sôn am ffilm y digwyddais i ei gwylio rywdro ydw i – ffilm am frawd a chwaer yn mynd allan ar eu beics yn yr eira ar fore Calan. Ffilm am bobl dwi ddim yn eu hadnabod go iawn. Ond weithiau, pan fydda i ar fy mhen fy hun bach – yn y gwely gyda'r nos, fel arfer – mae golygfeydd y ffilm yn dod yn fwyfwy real, nes ei bod hi'n anodd dianc rhagddyn nhw a'u cau nhw allan o 'mhen i.

Dyna pryd dwi'n cael fy ngorfodi i gofio...

Cofio teimlo'n siomedig wrth weld beic newydd sbon yn y gegin. Beic? Dyna'r peth diwethaf roeddwn i'n dymuno'i gael yn anrheg ben-blwydd – roedden nhw'n gwybod hynny, doedd bosib? Doedden nhw erioed wedi rhoi yr un peth i ni'n dau, a ninnau mor wahanol i'n gilydd. Pam dechrau nawr?

Cofio teimlo mor ddiolchgar i ti am gytuno i ddod allan i hel Calennig gyda fi, er 'mod i'n gwybod yn iawn y byddai'n well gen ti beidio. Cofio meddwl mor ffodus oeddwn i, i gael un o'r brodyr mwyaf ystyriol a gofalgar yn y byd i gyd...

Cofio clywed geiriau tawel, cyfrinachol Mam, a ddrylliodd bob dim:

"Bydd rhaid i ti ddechre camu 'nôl tamed bach, cariad, a gadael i Cain ofalu amdani hi ei hun ychydig mwy... Gad iddi fod yn fwy annibynnol, i fagu ychydig o hyder, ac i beidio â bod yn dy gysgod di drwy'r amser. Er ei lles hi..."

Cofio trio 'ngorau i reoli'r dagrau...

Cofio straffaglu wrth drio cadw cydbwysedd a phedlo'n wyllt yn erbyn y gwynt...

Cofio dy weld di'n diflannu'n smotyn pitw ar y gorwel, cyn galw bob hyn a hyn:

"Bydd yn ofalus... cofia alw os wyt ti isie rhywbeth... fydda i ddim yn bell o dy flân di..."

Cofio codi llaw i gydnabod dy eiriau di, cyn mwmian yn flin o dan fy anadl, "Ie, cer di. Dwi'n iawn hebddot ti, galla i ofalu amdana i'n hunan, dwi ddim isie bod yn fwrn ar neb."

Cofio trio symud yn gynt, i ddal lan gyda ti − er mwyn dangos i ti, i Mam, i Dad, i *bawb*, 'mod i'n gallu gwneud hyn...

Cofio teimlo'n grac, yn rhwystredig, yn ddiwerth ac, am y tro cyntaf erioed, yn genfigennus. Ie, yn genfigennus ohonot ti, Lleu. Pam roedd popeth − *popeth* − wastad yn dod mor rhwydd i ti?

Cofio difaru mynd allan ar gefn y beic lletchwith, gwirion...

Cofio dy glywed di'n galw eto, a tithau bron â chyrraedd pen y rhiw, yn bell, bell o fy mlaen i...

"Dere, Cain! Ti'n iawn?"

Cofio dy anwybyddu di, esgus peidio dy glywed di, dy gau di allan yn llwyr...

Cofio cyrraedd hanner ffordd lan y rhiw a theimlo 'mod i'n methu pedlo modfedd ymhellach...

Cofio trio a thrio a thrio...

Cofio'r boen ofnadwy yn fy nghoesau a 'nghefn i...

Cofio anadlu'n drwm i gael fy ngwynt ataf a gweld fy anadl yn codi'n gymylau araf i'r awyr oer...

Cofio llyncu fy malchder a galw arnat ti i arafu ac aros amdana i, er na fedrwn i dy weld di erbyn hynny...

Cofio aros ac aros am ateb...

Cofio llusgo 'nhraed wrth wthio'r beic yn drwsgwl tuag at y groesffordd ar ben y rhiw er mwyn mynd mor araf ag y gallwn i, yn hollol fwriadol, gan wybod yn iawn 'mod i'n bod yn blentynnaidd...

Cofio teimlo mor flin wrth sylweddoli nad oeddet ti'n aros amdana i o dan yr arwyddbost, fel y gwnest ti addo...

Cofio dy fytheirio di a'r beics newydd un gêr ar hugain...

Cofio dy gasáu di, y mymryn lleiaf un, ddim ond am eiliad...

Cofio sylwi, cyn gweld dim arall, ar y tawelwch byddarol wrth y groesffordd, heblaw am fref ambell ddafad a sŵn ysgafn olwyn gefn dy feic di'n dal i droi a throi ar lawr. Dy feic newydd sbon di, wedi malu'n rhacs...

Wir i ti, Lleu − *dydw* i ddim yn cofio

llawer am yr hyn ddigwyddodd wedyn. Rhaid bod y panig, yr ofn, yr anghrediniaeth wedi fy meddiannu i, achos dwi ddim yn meddwl taw fi oedd yn rheoli beth roedd fy nghorff i'n ei wneud wedi hynny, ac mae'r cyfan yn un dryswch mawr yn fy mhen i erbyn hyn.

Cofio meddwl, yn yr eiliadau cyntaf, taw esgus oeddet ti – esgus gorwedd yn anymwybodol ar lawr, er mwyn chwarae tric arna i, ac y byddet ti'n neidio ar dy draed unrhyw eiliad gan weiddi, "Ha! Dwylles i ti, Cain! Nawr dere mlân!", cyn neidio ar gefn dy feic unwaith eto yn llawn o'r asbri byrlymus arferol, gan chwerthin yn groch...

Cofio sylwi'n sydyn ar y gwaed coch yn gymysg â'r eira gwyn ar y gwair ar ochr y ffordd, fel *slush* mefus...

Cofio gafael yn dy law ddiymadferth di a galw dy enw di...

Cofio pa mor anhygoel o oer oeddet ti...

Cofio meddwl na ddyliwn i dy symud di, rhag ofn...

Cofio edrych o gwmpas yn wyllt i bob cyfeiriad, a gweiddi – *sgrechian* – am help...

Cofio teimlo'n wirion gan nad oedd neb o gwmpas i glywed, heblaw am ambell ddafad gysglyd...

Cofio ymbalfalu ym mhoced fy nghôt am y ffôn symudol, cyn sylweddoli ei bod hi'n cael ei gwefru ar y bwrdd bach wrth ochr y gwely...

Cofio gwthio – taflu – fy meic i'r clawdd cyn troi a rhedeg nerth esgyrn fy nhraed (sydd ddim yn gyflym iawn, dwi'n gwybod!) i lawr y rhiw tua'r pentre...

Cofio ailadrodd rhwng fy nagrau – "Bydd popeth yn iawn, bydd popeth yn iawn, bydd popeth yn iawn..."

Cofio'r syndod ar wyneb caredig Mr Jones, Tŷ'n Ffridd wrth iddo stopio'r Land Rover yn stond, a finnau'n dod i gwrdd â fe ar ganol y ffordd...

Y peth nesaf dwi'n ei gofio'n glir wedi hynny yw eistedd mewn stafell aros yn Uned Ddamweiniau'r ysbyty yn y dre, a Mrs Jones, Tŷ'n Ffridd a heddwas caredig yn eistedd gyda fi. Roedd Mam a Dad wedi bod mewn stafell arall yn trafod gyda llu o ddoctoriaid a nyrsys ac arbenigwyr meddygol ers oriau. Yng nghornel y stafell aros roedd coeden Nadolig enfawr a bues i'n edrych arni'n hir gan drio penderfynu ai un go iawn ynteu un ffug oedd hi. Roedd hi'n drimings a goleuadau o bob lliw a llun drosti. Yr unig oleuni yng nghanol môr o dywyllwch...

Dwi'n cofio hefyd fod y stafell aros yn glòs a myglyd, ac yn achosi dolur i 'mrest i wrth i fi drio anadlu. Roedd yno arogl cryf diheintyddion... a thristwch.

Dwi ddim yn cofio Mr Jones yn ffonio'n tŷ ni a'r gwasanaethau brys o'r Land Rover. Dwi ddim wir yn cofio Mam a Dad ac yna'r ambiwlans yn cyrraedd y groesffordd chwaith, er bod sŵn seiren y car heddlu a gyrhaeddodd ychydig wedyn yn dal i atseinio'n glir yn fy mhen i, hyd yn oed nawr. A dwi'n cofio dim, bron, am y daith i'r ysbyty yng nghefn car yr heddlu gyda Dad – tra bod Mam yn yr ambiwlans gyda ti – heblaw 'mod i'n dal i sibrwd yn dawel wrtha i fy hun, bob cam o'r ffordd, "Bydd popeth yn iawn, bydd popeth yn iawn, BYDD POPETH YN IAWN."

Ond dwi *yn* cofio Dad yn dod allan ata i i'r stafell aros, o'r diwedd, ac yn fy nal i'n dynn, dynn. Hwnnw oedd yr ail dro erioed i fi ei weld e'n llefen – y tro cyntaf oedd yn angladd Mam-gu rhyw ddwy flynedd 'nôl. Dwi'n cofio gofyn iddo fe oeddet ti'n mynd i fod yn iawn, ac yn cofio'i ateb i'r dim: "Sa i'n siŵr, cariad. Gobeithio. Gobeithio..."

Fe weithion nhw'n galed arnat ti, Lleu – y parafeddygon yn yr ambiwlans ac yna'r doctoriaid a'r nyrsys yn yr ysbyty yn y dre – a does dim amheuaeth o gwbl na fyddet ti yma heddiw oni bai amdanyn nhw. Ond roedd angen i ti gael sylw a gofal arbenigol mewn ysbyty arbenigol, a dyna benderfynu dy drosglwyddo di mewn hofrennydd fan hyn i Lerpwl. Ie, hofrennydd, Lleu – ambiwlans awyr – meddylia! Pe baet ti ond wedi bod ar ddihun, byddet wedi bod wrth dy fodd, yn esgus taw ti oedd James Bond! Fe adawon nhw i fi dy weld di, dim ond am eiliad, cyn i ti gael dy symud o'r Uned Ddamweiniau i'r hofrennydd.

Roeddet ti'n wifrau ac yn diwbiau i gyd, a phrin roeddwn i'n gallu gweld dy wyneb di. Roedd peiriant mawr yn gwneud y gwaith anadlu drosot ti, hyd yn oed. Dwi'n cofio syllu arnat ti, gyda Mam a Dad yn dal yn dynn yn fy nwy law i, a meddwl pa mor rhyfedd ac anghyfarwydd roeddet ti'n edrych – ddim fel ti dy hun o gwbl, ddim fel Lleu fy mrawd i, ond fel cymeriad dieithr mewn ffilm. Y ffilm am frawd a chwaer yn mynd allan ar eu beics yn yr eira ar fore Calan...

Mae naw wythnos ers hynny erbyn hyn, Lleu, a chymaint wedi digwydd fel ei bod hi bron yn amhosib credu bod ein bywydau ni cyn Ionawr y cyntaf wedi bodoli o gwbl. Fe gest ti ddwy lawdriniaeth fawr ar dy ymennydd yn syth ar ôl cyrraedd yma yn Lerpwl, yn ogystal â degau o sganiau a phrofion. Fe ddaeth hi'n amlwg yn gynnar iawn iti gael niwed i dy ymennydd pan drawodd dy ben y llawr wrth i ti ddod oddi ar y beic. Heb os, fe gyfrannodd y ffaith nad oeddet ti'n gwisgo helmed at dy anafiadau di, medden nhw. Pam, Lleu, pam? Doedd hynny jyst ddim fel ti o gwbl – ti yw'r person mwyaf cyfrifol dwi'n ei nabod. Dwyt ti byth, fel arfer, yn mynd i unman ar gefn beic heb wisgo helmed – a'r peth rhyfeddaf oedd fod yr helmed ar dy bwys di ar lawr, yn gorwedd wrth lyw'r beic! Yr unig fendith (os 'bendith' yw'r gair cywir) yw taw bwrw'r gwair ar yr ochr wnest ti, ac nid y tarmac ar ganol y ffordd, er bod nerth y gwrthdrawiad â'r gwair wedi bod yn fwy na digon i achosi niwed. Fe dorraist ti dy goes a sawl asen, a bu'n rhaid cael llawdriniaethau ar y rheiny ar ôl cyrraedd Lerpwl. Ond anafiadau pitw oedden nhw o'u cymharu â'r niwed i dy ben di, ac o leiaf roedd modd lapio'r rheiny mewn plastar er mwyn iddyn nhw wella.

Fe gest ti dy symud i'r Uned Gofal Dwys yn dilyn hynny, a chyn hir roeddet ti'n gallu anadlu drosot ti dy hun, heb ddibynnu ar beiriant, diolch byth. Yn ystod y pump wythnos y buest ti'n anymwybodol, neu mewn *coma*, fe gafodd Mam a Dad a finnau gyfarwyddiadau clir gan y doctoriaid ar sut i drio dy helpu di. Er nad oedd syniad gyda nhw pryd y byddet ti'n deffro, os o gwbl, na faint o broblemau fyddai gyda ti ar ôl agor dy lygaid, roedden nhw'n argymell yn gryf ein bod ni'n gwneud sawl peth penodol a allai dy helpu di. Fe dreulion ni oriau hir wrth ochr dy wely di, Lleu, yn gwneud pob math o bethau y byddet ti wedi chwerthin arnon ni am eu gwneud pe baet ti'n gallu, dwi'n siŵr! Ond roedd hi'n bwysig ein bod ni'n trio ysgogi dy synhwyrau di, jyst rhag ofn y byddet ti'n ymateb. Ac, a bod yn onest, roedd y tri ohonon ni'n falch o gael rhywbeth i'w wneud i helpu, rhywbeth i ganolbwyntio arno, a tithau mor fregus. Dwi ddim wir yn hoffi meddwl rhyw lawer am y cyfnod hwnnw, Lleu – hen gyfnod ych-a-fi oedd e. Roeddet ti'n lwcus, mewn ffordd, dy fod ti'n cysgu drwy'r cyfan!

Fe ddaliais i dy law di am oriau, a siarad am bopeth dan haul:

"Ma hi'n ddwrnod digon diflas heddi, Lleu – gwynt oer a glaw mân. Ma sôn fod eira ar y ffordd erbyn y penwythnos..."

"Ma Lerpwl wedi ennill eu pedair gêm ddwetha yn y gynghrair, Lleu. Fe guron nhw Everton neithiwr – tair gôl i ddwy..."

"Fe chwaraeodd tîm rygbi Cymru eu gêm gynta ym Mhencampwriaeth y Chwe Gwlad dros y penwythnos, Lleu. Fe guron nhw Ffrainc, 28–14. Ma siawns dda gyda nhw o guro Iwerddon wythnos nesa hefyd, medde Dad..."

"Ti'n gwbod cymeriad Jake yn dy hoff opera sebon di, Lleu? Wel, fe gafodd e ei ddiarddel o'r ysgol ar ôl cael ei ddal yn smygu yn y tai bach! Ac ma'i ffrind gore fe, Ben, newydd gyhoeddi ei fod e a'i deulu yn mynd i symud i fyw i Awstralia..."

"I frecwast heddi fe ges i dost a marmalêd, ac ma Dad newydd ddod â brechdan ham a thomato i fi o ffreutur yr ysbyty. Dyw hi ddim yn edrych yn rhy flasus, rhaid i fi gyfadde, a sdim llawer o awydd bwyd arna i..."

Do, fe wnes i fwydro a MWYDRO, Lleu! Ac er nad oedd y doctoriaid yn gallu dweud i sicrwydd oeddet ti'n clywed ai peidio, roeddwn i'n hoffi meddwl dy fod ti.

Fe fues i'n darllen darnau o dy hoff lyfrau i ti hefyd, ac yn adrodd hynt a helynt y byd o'r papur newydd bob dydd. Fe ddes i â rhai o dy CDs di i'w chwarae'n dawel yn y cefndir ac fe fues i'n sôn am rai o atgofion ein plentyndod ni.

"Ti'n cofio Mam-gu yn mynd â ni i'r ffair yn y dre pan o'n ni tua chwech oed, Lleu, a finne'n mynd ar goll, a Mam-gu a tithe'n banics gwyllt? Fe ddaethoch chi o hyd i fi mewn rhyw stondin o'dd yn gwerthu tedis anferthol, ac fe 'nes i fynnu bod yn rhaid i fi gael un cyn mynd gartre. Ro'dd y tedi'n fwy na ni'n dau (a Mam-gu!) gyda'n gilydd, dwi'n siŵr..."

"Ti'n cofio ni'n mynd ar drip gyda'r ysgol i Oakwood ym Mlwyddyn 4, Lleu, a ti a'r bechgyn yn mentro ar y reids uchel tra 'mod i'n sefyll yn nerfus ar yr ochr, yn dal eich bagie a'ch cotie chi, yn ofan edrych hyd yn oed?"

"Ti'n cofio ni'n gweld eryr aur, Lleu, ar ein gwylie yn yr Alban rhyw dair blynedd yn ôl? Dyna un o'r pethe perta i fi eu gweld erioed. Ro'dd ein llyged ni i gyd fel soseri!"

Wnest ti ddim ymateb, wrth gwrs, ond roeddwn i'n dychmygu, yn dawel bach, dy fod ti'n brysur yn ail-greu'r darluniau hyn yn ofalus yn dy feddwl, y tu ôl i'r llygaid caeedig 'na. Roedd yn rhaid gobeithio, o leiaf...

Wyddai neb faint o les oedd yr holl bethau yma, Lleu, ond roedd un peth yn sicr – doedden nhw'n gwneud dim niwed. Aros ac aros fuon ni dros yr wythnosau hir yna. Aros am arwydd – waeth pa mor fach – dy fod ti gyda ni o hyd. Dwi'n cofio meddwl sawl tro yn ystod y cyfnod hwnnw pa mor rhyfedd oedd hi dy fod ti yno o 'mlaen i, yn agos, agos, ond eto mor bell...

Ac yna, un dydd Sadwrn glawog, bedair wythnos yn ôl, fe newidiodd pethau. Fe ddaeth yr arwydd. Roedd y tri ohonon ni'n digwydd bod gyda ti ar y pryd, gan ei bod hi'n benwythnos. Roedd gêm Lerpwl yn erbyn Man City i'w chlywed o'r set radio wrth dy wely di, a Mam wrthi'n cyffwrdd croen dy freichiau a dy wyneb di'n ysgafn â phluen (rhywbeth yr awgrymodd un o'r doctoriaid a allai helpu i ysgogi dy synhwyrau di). Roedden ni'n tri wedi dechrau colli gobaith erbyn hynny, dwi'n meddwl, er na fyddai'r un ohonon ni wedi mentro cyfaddef hynny wrthon ni ein hunain, heb sôn am ein gilydd. Pwy a ŵyr os oedd cysylltiad rhwng y gêm bêl-droed a'r bluen a'r wyrth ddigwyddodd wedyn, neu os taw rheswm meddygol mwy cymhleth na wnawn ni fyth ei ddeall yn iawn oedd yn gyfrifol. Falle dy fod ti jyst wedi penderfynu ei bod hi'n hen bryd ailymuno â'r byd, rhag ofn dy fod ti'n colli mas... Ond does dim ots, achos dyna'n union oedd hi – GWYRTH – ac fe ddigwyddodd hi. Fe agoraist dy lygaid ac roeddet ti 'nôl gyda ni eto, dyna'r cyfan sy'n bwysig. A dweud y gwir, twitsio dy drwyn, fel cwningen fach giwt, wnest ti gyntaf, wedyn agor dy lygaid yn araf. (Gobeithio nad oes ots gyda ti 'mod i'n dweud hynny, Lleu?!)

Ond mae deffro o *coma* yn broses raddol, fel r'yn ni wedi dysgu. Dyw'r cyfan ddim yn digwydd dros nos. Felly, er i ti agor dy lygaid y diwrnod hwnnw, fe gymerodd hi sawl diwrnod arall cyn i ti 'ddeffro' yn iawn.

A dyna, Lleu, sut y cyrhaeddaist ti yma. Mae'r daith wedi bod yn un hir a chymhleth, ond mae un hirach a mwy cymhleth fyth o'n blaenau ni, heb os. Ac mae cymaint o gwestiynau heb eu hateb ynglŷn â sut y cyrhaeddaist ti yma yn y lle cyntaf – cwestiynau sy'n mynnu mynd rownd a rownd yn fy mhen i bob munud o'r dydd.

Pam yn y byd nad oeddet ti'n gwisgo dy helmed, a tithau mor ofalus fel arfer? Ai fy mai i oedd yr hyn ddigwyddodd, am fod mor araf, am lusgo tu ôl i ti wrth ddringo'r rhiw? A fyddai pethau wedi bod yn wahanol pe bawn i wedi cyrraedd y groesffordd yn gynt, neu pe bai fy ffôn symudol gyda fi? A'r cwestiwn pwysicaf un – pwy oedd yn gyrru'r car wnaeth dy fwrw di, cyn gyrru i ffwrdd a dy adael di wedi dy anafu ar ochr y ffordd? Na, dyw'r heddlu ddim agosach at ddal pwy wnaeth – ond stori arall yw honno, stori y bydd yn rhaid aros tan y penwythnos nesaf cyn ei hadrodd, mae arna i ofn.

Achos mae taith hir o fath arall o 'mlaen i a Dad heno – y daith adre i orllewin Cymru. Mae Dad newydd ddweud ei fod e am gychwyn cyn hir. Felly wythnos arall yn yr ysgol i fi, ac wythnos arall o gryfhau a datblygu fan hyn i ti, gobeithio. Dwi'n cyfri'r oriau tan y penwythnos nesa'n barod, Lleu.

Ond cyn i fi orffen, dyma ychydig mwy amdanat ti:

- Rwyt ti'n gallu adrodd tablau 2 i 12 mewn 1 munud a 48 eiliad!

- Pe baet ti'n cael dewis unrhyw berson enwog, byw neu farw, i gwrdd ag e neu hi, byddet ti'n siŵr o ddewis Neil Armstrong. Neu Bill Gates. Neu falle Ian Rush (dylanwad Dad yw hynny!).

- Dy hoff jôc di yw 'Beth wyt ti'n galw coeden heb wallt? Coed-wìg!'. Bwm bwm! (Dwi ddim yn gwybod faint o weithiau dwi wedi clywed honna erbyn hyn, ond mae hi'n dal i wneud i fi chwerthin. Ychydig bach...)

- Dyma'r tro cyntaf erioed i ti orfod mynd i'r ysbyty (heblaw pan gawson ni'n geni!). Fi yw'r un sy'n dueddol o gael damweiniau fel arfer. Dwi wedi bod yn yr ysbyty dair gwaith i gyd, Lleu – y tro cyntaf ar ôl i fi wthio deilen i fyny 'nhrwyn pan oeddwn i tua tair oed; yr ail dro ar ôl i fi gau fy mys bawd yn nrws car Dad pan oeddwn i'n bump; a'r trydydd tro ar ôl i fi dorri fy mraich ar ôl baglu dros fy mag ysgol i fis Mai y llynedd!

- Rhestr 'pump uchaf' dy ffrindiau gorau di, mewn trefn, yw:

  1. Cain, dy annwyl chwaer. Wel, dwi'n gobeithio taw fi fyddai ar ben y rhestr, beth bynnag. Neu falle y byddet ti'n fy ngosod i'n gydradd gyntaf gyda...

  2. ... Cadi, dy gi ffyddlon.

  3. Gethin Jones. Un o dy griw o ffrindiau yn yr ysgol. Mab ffarm Maes Newydd, hoffi pêl-droed fel ti, ond yn cefnogi Man U yn hytrach na Lerpwl. Gwallt tywyll, tal am ei oed, dwy chwaer iau. Siaradus dros ben (yn enwedig pan wyt ti yn ei gwmni!).

  4. Efan Dafydd. Byw lawr y ffordd wrthon ni, Mam yn ffrindiau da gyda'i fam e. Brawd hŷn yn yr ysgol uwchradd. Gwallt coch a brychni haul yn drwch dros ei drwyn smwt e. Ffafrio rygbi dros bêl-droed, ond yn cefnogi Lerpwl pe bai'n rhaid dewis.

  5. Tommy Ellis. Dim ond ers rhyw flwyddyn a hanner mae Tommy'n byw yn y pentre, ond fe ddaethoch chi'n ffrindiau mawr yn syth pan ddechreuodd e yn yr ysgol ar ddechrau Blwyddyn 5. Mae 'na rywbeth braidd yn swil am Tommy (fel fi, falle) ac fe sylwaist ti ar hynny'n syth a thrio dy orau i wneud iddo fe deimlo'n gartrefol yn yr ysgol. Roedd e fel rhyw ddafad golledig pan

gyrhaeddodd e o rywle yn ne Cymru, druan. Doedd ganddo ddim gair o Gymraeg, ac fe helpaist ti fe i ddysgu reit ar y dechrau. Erbyn hyn rydych chi'n ffrindiau mawr, a Tommy'n un o'r criw. Mae'n amlwg fod gyda fe feddwl mawr ohonot ti, ac mae e'n ymddangos fel pe bai e wedi mynd 'nôl i'w gragen braidd ers i ti fod yn yr ysbyty.

Reit, tan y penwythnos nesaf 'te, Lleu. Nos da xx

Dydd Sadwrn, Mawrth y 14eg

Mae'n ddydd Sadwrn o'r diwedd, a ninnau 'nôl gyda ti yn Lerpwl. Ond, yn wahanol i'r arfer, wnaeth Dad a fi ddim dod yma'n syth ar ôl i'r ysgol gau brynhawn ddoe. Yn lle hynny, fe ddechreuon ni ar ein taith yn gynnar y bore 'ma, a newydd gyrraedd r'yn ni nawr.

Pan gerddon ni mewn i dy stafell di ryw hanner awr yn ôl, roedd hi'n gymaint o sioc dy weld di ar dy eistedd yn y gwely! Mae'r doctoriaid a'r nyrsys wedi bod yn trio dy gael di i wneud hynny dros yr wythnos ddiwethaf ac maen nhw'n gweld y peth fel cam ymlaen hynod bwysig. Roedd angen tipyn o help arnat ti, cofia, ac mae sawl clustog trwchus yn cefnogi dy gefn di. Rwyt ti'n dal yn wan ac yn flinedig ofnadwy, a dwyt ti ddim yn siarad rhyw lawer o hyd gan fod dy eirfa di'n brin. Mae golwg bell yn dy lygaid di, ac mae'n amlwg fod dy gof di'n parhau yn dipyn o ddryswch (wnest ti ddim adnabod Dad a fi wrth i ni estyn i roi cwtsh i ti ar ôl cyrraedd jyst nawr).

Ond, tipyn o newyddion da, Lleu... Fe ddywedodd

yr arbenigwyr wrth Mam bore 'ma y byddi di'n cael dy symud i'r Uned Niwroleg mewn rhan arall o'r ysbyty fory. Ar ôl deg wythnos o aros, dyna'r newyddion gorau posib. Pa mor hir y byddi di yno wedyn, Duw a ŵyr – ond mae'n golygu dy fod ti'n ddigon da i adael fan hyn, o'r diwedd. Ac er mor ddiolchgar ydyn ni i staff yr Uned Gofal Dwys am gyflawni gwyrthiau, fe fyddwn ni i gyd yn falch o adael fan hyn fory.

Beth bynnag, fel roeddwn i'n dweud, fe arhoson ni gartref neithiwr achos roedd noson arbennig wedi'i threfnu yn y pentre. Noson arbennig i ti (ie, i ti, Lleu, meddylia – yr holl sylw 'na, jyst i ti!). Mae pobl yr ardal wedi bod mor gefnogol ers y ddamwain (mae'r degau o gardiau a llythyron sydd wedi bod yn cyrraedd ein tŷ ni a'r ward 'ma'n ddyddiol, bron, dros yr wythnosau diwethaf yn brawf o hynny), ac mae criw o ffrindiau agosaf Mam a Dad wedi sefydlu apêl arbennig i godi arian i dy helpu di unwaith y byddi di gartref. *Pan* fyddi di gartref. Felly neithiwr roedd neuadd y pentre yn llawn dop o bobl, o bell ac agos, i ddangos cefnogaeth i ti, ac i ni fel teulu.

Byddet ti wedi bod wrth dy fodd, Lleu! Stondinau o bob lliw a llun, gêmau, raffl, cwis... Ond rhan orau'r holl noson oedd yr ocsiwn ar y diwedd. Fe fuodd pobl mor hael wrth roi a chasglu eitemau i'w gwerthu, ac yn hytrach na rhoi eitem fe roddodd ambell un 'addewidion' – hynny yw, cynnig gwasanaeth arbennig am dâl. Roedd hynny'n dipyn o sbort! Dyma Mrs Evans, Tŷ Capel yn 'prynu' addewid Mr Evans, Tŷ Capel i olchi'r llestri am wythnos gyfan, a mam Efan

yn 'prynu' ei addewid e a Gethin i lanhau ei char hi
unwaith y mis am flwyddyn gron!

Ond yr eitem orau i gyd yn yr ocsiwn oedd crys
pêl-droed Cymru wedi'i lofnodi gan bob un o'r
chwaraewyr! Mrs Puw, y brifathrawes, brynodd e, am
£350 (wir i ti!), er nad oedd neb yn siŵr ar y pryd
pam yn union roedd hi am brynu crys pêl-droed maint
plentyn, gan nad oes plant gyda hi a gan nad yw hi'n
hoff iawn o bêl-droed chwaith! Ond, ar
ddiwedd y noson, fe ddaeth hi ata i a Dad a
dweud ei bod hi am i ti gael y crys, gan y
byddet ti'n ei werthfawrogi fe dipyn mwy
na hi. Erbyn diwedd y noson roedd dros
£2,000 wedi'i godi!

Fe ofynnwyd i Dad ddweud gair ar y
diwedd, ar ôl iddyn nhw gyhoeddi'r cyfanswm,
ac alla i ond dychmygu pa mor anodd oedd hynny iddo
fe. Ond fe wnaeth e'n wych, gan ddiolch i bawb am
fod mor hael a sôn ychydig bach am dy ddatblygiad di
hyd yn hyn. Fe lwyddodd e i ddweud ambell jôc hyd
yn oed (dwi'n siŵr na fyddet ti wedi eu gweld nhw'n
ddoniol iawn, cofia – dyw jôcs Dad byth yn grêt! Bron
cynddrwg â dy rai di...!). Ond roeddwn i mor browd
ohono fe, Lleu – fel dwi mor browd ohonot ti – a
dwi ddim yn meddwl bod yna lygad sych yn y neuadd
neithiwr wrth iddo fe siarad. (Ocê, dwi'n mynd braidd
yn rhy sopi nawr. Galla i dy glywed di'n iawn – "Paid
â bod mor *soft*, Cain!")

Roedd y rhan fwyaf o blant yr ysgol a'u rhieni nhw
yna, a buodd mam a thad Gethin a rhieni Efan yn siarad

yn hir gyda Dad. Fe ges i gip cyflym ar Tommy ond dwi ddim yn meddwl ei fod e wedi aros yn hir. Druan – roedd e'n edrych braidd ar goll. Er bod Gethin ac Efan yno hefyd, ti yw ei ffrind go iawn e, ac mae'n rhaid ei fod e'n gweld dy eisiau di. Dwi ddim yn meddwl bod mam a llystad Tommy wedi dod gyda fe, fel rhieni pawb arall. Na, fydden i'm yn meddwl. Dydyn nhw ddim yn gwneud rhyw lawer gyda phobl y pentre ac maen nhw'n tueddu i gadw'u hunain iddyn nhw'u hunain ers symud 'ma. Dwi prin wedi'u gweld nhw erioed, ar ôl meddwl.

Fe ddes i â chopïau o'n papur newydd lleol ni, y *Llanfair Journal*, i ddangos i ti hefyd, Lleu. Rywbryd eto, falle – ddim heddiw. Dwyt ti ddim yn barod i'w gweld nhw eto, meddai Mam. Ond, i ti gael gwybod, rwyt ti wedi ymddangos ym mhob rhifyn o'r *Journal*, bron, ers dechrau mis Ionawr. Wyt, rwyt ti'n enwog, Lleu! Ond nid dyma dy flas cyntaf di o enwogrwydd yn y papur lleol chwaith, cofia. Heblaw am y ffaith dy fod ti'n cael dy enwi'n aml am ryw orchest neu'i gilydd ym myd chwaraeon, fe gafodd y ddau ohonon ni gryn dipyn o sylw pan gawson ni ein geni, gan ein bod ni'n fabis dydd Calan ac yn efeilliaid – tipyn o stori ar y pryd! Beth bynnag, mae tudalen cyfan amdanat ti yn rhifyn yr wythnos hon, sy'n canolbwyntio ar y ffaith dy fod ti wedi yngan dy eiriau cyntaf ers y ddamwain. Mae 'na luniau ohonot ti cyn y ddamwain hefyd; cyfweliad byr gyda Mrs Puw a Miss Llywelyn sy'n dy ganmol di i'r cymylau am fod yn fachgen "caredig, poblogaidd ac amryddawn" (gobeithio na fydd dy ben di'n chwyddo gormod nawr, Lleu!); dyfyniadau gan rai o'n cymdogion ni yn sôn am syfrdandod y pentre cyfan ar ôl yr hyn ddigwyddodd; ac apêl gan Mam a Dad yn annog unrhyw un sydd â gwybodaeth am y ddamwain i gysylltu â'r heddlu'n syth.

Ti'n gweld, Lleu, er bod bron i dri mis ers hynny, does gan neb y syniad lleiaf o hyd beth ddigwyddodd, a dyw'r heddlu ddim mymryn agosach at ddal gyrrwr y car. Mae'r cyfan fel rhyw bos jig-so enfawr sydd â'r rhan fwyaf o'r darnau – y darnau pwysicaf, mwyaf hanfodol – ar goll. Yr unig beth mae'r heddlu'n hollol siŵr ohono yw taw cael dy fwrw gan gar wnest ti, nid cwympo oddi ar y beic – roedd olion teiars ar y ffordd a niwed mawr i'r beic, heb sôn amdanat ti, yn brawf pendant o hynny. Ond dyna'r cyfan maen nhw'n ei wybod. Y broblem fwyaf, wrth gwrs, yw taw ti yw'r unig un welodd yr hyn ddigwyddodd – ti ac ambell ddafad yn y caeau gerllaw. Welais i ddim byd o werth. Pe bawn i ond wedi cyrraedd y groesffordd yn gynt, mae'n bosib na fyddai hyn wedi digwydd o gwbl...

Felly, achos o *hit and run* oedd y ddamwain, Lleu, ond y dirgelwch mwyaf yw pam na wnaeth y gyrrwr aros ar ôl dy daro di, ac i ble'r aeth e (neu hi, wrth gwrs) wedi hynny. Roedd yr olion teiars a'r ffordd roeddet ti a'r beic yn gorwedd yn awgrymu taw o gyfeiriad y mynydd y tu ôl i'r pentre roedd y car yn teithio cyn dy daro di, ond allan nhw ddim bod yn hollol siŵr o hynny chwaith. I ble'r aeth e wedyn? 'Nôl i'r un cyfeiriad? Neu ar hyd un o'r tair ffordd arall sy'n arwain o'r groesffordd? Allai e ddim bod wedi dilyn y ffordd tua'r pentre neu fe fyddwn i, a Mr Jones, Tŷ'n Ffridd yn y Land Rover yn nes ymlaen, wedi dod i gwrdd ag e. Felly mae hynny'n gadael dwy ffordd – yr un sy'n arwain tuag at y dre a'r un sy'n arwain at y pentre nesaf, Cwm Eithin, a'r arfordir. Er iddyn nhw holi ar hyd a lled yr ardal, chafodd yr heddlu ddim lwc. Mae'n ymddangos na welodd yr un enaid byw unrhyw beth gan ei bod hi'n dawel fel y bedd mor gynnar ar fore Calan. Ond dwi'n ei chael hi'n anodd coelio hynny. Mae'n rhaid bod rhywun yn rhywle'n gwybod rhywbeth. Mae'n *rhaid*...

Wrth i'r amser dreiglo'n ei flaen, mae'r heddlu'n credu'n gryf taw dieithryn, ac nid rhywun lleol o'r ardal, oedd y gyrrwr. Maen nhw'n amau a fyddai unrhyw un sy'n adnabod y teulu wedi gallu dy adael di ar ôl dy daro di a pharhau i gelu'r gwir cyhyd. Maen nhw'n torri'u boliau eisiau dy holi di am yr hyn ddigwyddodd, gan taw ti yw'r unig lygad-dyst sydd gyda nhw (heblaw am y defaid). Ond mae'n rhy gynnar o lawer, meddai'r doctoriaid, ac mae'n amlwg nad wyt ti'n cofio unrhyw beth ar hyn o bryd. Mae'n bosib na fyddi di byth yn gallu sôn yn iawn am y peth, medden nhw. Pe bai'r blincin defaid 'na ond yn gallu siarad...

Er bod Mam a Dad eisiau i'r sawl wnaeth hyn gael ei ddal a'i gosbi, wrth reswm, *ti* sy'n bwysig iddyn nhw nawr – dy weld di'n gwella ac yn datblygu. Canolbwyntio ar hynny sy'n eu cadw nhw'n gryf, dwi'n meddwl. Ac rwyt ti *yn* datblygu, Lleu, ac yn gwella'n araf bach – does dim amheuaeth am hynny. Mae'r newid i'w weld yn glir o un wythnos i'r llall. Erbyn hyn dwyt ti ddim yn ddibynnol ar gael dy fwydo trwy biben, ac er bod llyncu'n anodd i ti ar y dechrau, dyw hynny ddim yn ormod o broblem nawr (bwyd meddal fyddi di'n ei gael ar hyn o bryd, wrth gwrs). Weithiau bydda i neu Mam neu Dad yn cael rhoi help llaw i'r nyrsys dy fwydo di â llwy. Dwi'n mwynhau hynny, Lleu – yn mwynhau teimlo 'mod i'n gwneud rhywbeth i helpu, yn gwneud rhywbeth o werth tra 'mod i yma, yn lle sgrifennu yn y llyfr 'ma o hyd! Mae dy gydsymud di wedi gwella digon i ti fedru bwydo dy hun ar adegau, hyd yn oed – ambell lwyaid, yn araf bach. Wrth dy wylio di'n gwneud, fedra i ddim peidio â chofio geiriau'r doctor pan ddechreuais i sgrifennu'r dyddiadur 'ma – "Go slow, remember – one step at a time. Give him time to unravel by himself..."

Amser. Gair bach pum llythyren. Ond gair enfawr sy'n orlwythog o ystyr. Gair dwi wedi ei glywed yn cael ei ddefnyddio mewn sawl ymadrodd dros yr wythnosau diwethaf. Amser a ddengys. Amser yn brin. Amser yn hedfan. Amser yn llusgo. Lladd amser. Mynd 'nôl mewn amser. Mynd mlaen mewn amser. Fe gymerith hi amser... Paid â phoeni, Lleu, mae'r holl amser yn y byd gyda ni, os oes angen.

Mae'n hanner dydd, a Dad a finnau am helpu'r nyrsys i roi cinio i ti er mwyn i Mam gael mynd i orffwys am ychydig. Mae golwg wedi ymlâdd arni, druan. Wedyn, bydd angen i ni gasglu dy bethau di ynghyd a pharatoi i dy symud di bore fory (fe gymerith hi oriau dim ond i bacio'r holl gardiau ac anrhegion rwyt ti wedi eu derbyn ers cyrraedd 'ma!). Bydd hi'n rhyfedd gadael fan hyn ar ôl yr holl wythnosau, ond mae pennod arall yn dechrau fory, Lleu. Pennod newydd sbon. Pennod well, gobeithio...

Cyn i fi orffen am heddiw, dyma ambell beth arall falle hoffet ti wybod amdanat ti dy hun:

- Maint dy draed di yw pump a hanner (ac maen nhw'n draed drewllyd ofnadwy, yn enwedig mewn *trainers*!).
- Dy hoff bynciau di yn yr ysgol yw Mathemateg, Gwyddoniaeth, Daearyddiaeth ac Addysg Gorfforol. Dwi'n casáu'r pynciau yna i gyd − yn enwedig Addysg Gorfforol! Yr holl redeg a chwysu 'na? Dim diolch! Gwell o lawer gyda fi Gymraeg a Saesneg a Chelf...
- Mae gyda ti ddau ffrind llythyru, trwy gynllun gefeillio rhwng ein hysgol ni ac ysgolion mewn rhannau eraill o Ewrop − un o'r enw Juan sy'n byw yn Madrid ac un arall o'r enw Marco sy'n byw yn Rhufain. Ond e-bostio, nid llythyru, fyddwch chi'n ei wneud fel arfer.
- Dy hoff le di yn y byd i gyd yw traeth Pengwern, lle byddwn ni'n aml yn mynd â Cadi am dro ar brynhawn dydd Sul. Dy ail hoff le di yw cae pêl-

droed Anfield, siŵr o fod. Fe aeth Dad â ti yno am y tro cyntaf i weld Lerpwl yn chwarae jyst cyn y Nadolig y llynedd. Ddes i ddim – dim diddordeb, sori, Lleu...!

- Rwyt ti'n chwarae'r piano a'r cornet, y ddau i safon Gradd 4, ac fe gest ti *distinction* yn dy ddau arholiad diwethaf.

'Rwyt ti' a 'Roeddet ti'. Amser presennol a gorffennol y ferf 'bod' (galla i glywed Miss Llywelyn yn y gwersi Cymraeg nawr!). Ond, dwi wedi bod yn meddwl – pa un sy'n iawn i'w ddefnyddio wrth gyfeirio atat ti yn y dyddiadur 'ma, Lleu? 'Rwyt ti' dwi wedi ei ddefnyddio hyd yma, ond ydy hynny'n gwneud synnwyr, mewn gwirionedd? 'Rwyt ti'n dwlu ar nofio' yn lle 'Roeddet ti'n dwlu ar nofio'. Roeddet ti'n dwlu ar nofio, roeddet ti'n gapten ar y tîm pêl-droed, roeddet ti'n hyn, roeddet ti'n llall. Yr hen Lleu, y Lleu roeddwn i'n ei adnabod cyn y ddamwain. Lleu y gorffennol, nid Lleu y presennol. Achos mae'r Lleu newydd dwi'n araf ddod i'w adnabod – y Lleu a agorodd ei lygaid bump wythnos yn ôl – yn wahanol iawn i'r hen un. R'ych chi'n edrych yn ddigon tebyg ar yr olwg gyntaf, ond mae popeth arall amdanoch chi mor wahanol. Prin dwi'n adnabod y Lleu newydd yma, os dwi'n onest, a dwi'n araf sylweddoli falle 'i fod e yma i aros. Falle na ddaw'r hen Lleu yn ei ôl – ddim yn llwyr, ddim byth.

Falle'i bod hi'n bryd canolbwyntio ar y Lleu newydd, felly.

Dydd Sul, Mawrth y 15fed

Bore da, Lleu! Dwi'n sgrifennu hwn yn dy stafell newydd di – dy gartref newydd di – yn yr Uned Niwroleg. Yn ôl y disgwyl, fe gest ti dy symud bore 'ma, ac r'yn ni wedi bod yn brysur yn rhoi trefn ar dy bethau di ers cyrraedd rhyw ddwy awr yn ôl. Mae'n bwysig dy fod ti'n teimlo'n gartrefol a chyfforddus o'r cychwyn, meddai'r doctoriaid, ac yn cael dy amgylchynu gan gymaint â phosib o dy bethau di dy hun er mwyn trio ysgogi rhywfaint ar dy gof di. Mae'n bwysig hefyd dy fod ti'n cael cyfle i orffwys mewn awyrgylch tawel, heddychlon – un fydd yn hwb i dy adferiad di, gobeithio. Fe fuest ti'n ddigon lwcus i gael stafell wely i ti dy hun, a stafell ymolchi *en suite* hefyd. Mae hi fel gwesty 'ma, Lleu!

Dwi newydd fod yn helpu Mam i blygu a hongian dy ddillad di'n ofalus, ac yn dewis cardiau cyfarch i'w harddangos ar y pinfwrdd mawr wrth dy wely di. Dwi wedi trefnu dy lyfrau a dy CDs di'n daclus ar silff, a rhai o dy anrhegion niferus di hefyd. Mae 'na gloc digidol a chalendr ar y bwrdd bach wrth dy wely di, er nad ydyn nhw o lawer o ddefnydd i ti ar hyn o bryd, ond fe fyddan nhw, gydag amser, gobeithio. (Ha! Gydag amser – ti'n gweld? Cloc, calendr, *amser*... Clyfar, Lleu!) Dwi hefyd wedi bod wrthi'n rhoi trefn ar y degau o hen luniau r'yn ni wedi dod â nhw gyda ni i'w dangos i ti, yn ôl cyfarwyddyd y doctoriaid. Maen nhw'n drefnus mewn albwm (byddet ti'n falch iawn ohona i, Lleu!) ac yn barod i ti gael eu gweld nhw, un ar y tro. Ac mewn munud byddwn ni'n gosod y gorchudd gwely a'r cas gobennydd Lerpwl, a ddaeth o dy stafell wely di gartref, ar y gwely fan hyn.

Roedd gadael yr Uned Gofal Dwys o'r diwedd, ar ôl deg wythnos a mwy, yn brofiad rhyfedd iawn i ni i gyd. Roedden ni mor falch o gael gadael y man lle buest ti mor ofnadwy o sâl, ac yn barod i gychwyn ar y broses bositif o dy adfer di ymhellach yn yr Uned Niwroleg. Ond roedd hi'n anodd ffarwelio â'r staff a wnaeth gymaint drosot ti ac a fu, yn ôl Mam, yn ail deulu i ni mewn cyfnod mor anodd.

Dwyt ti ddim wedi symud yn ofnadwy o bell, cofia, dim ond i ochr arall yr ysbyty, a chyn hir fe fyddi di wedi setlo'n dda fan hyn, dwi'n siŵr. R'yn ni eisoes wedi cael ein cyflwyno i gant a mil o ddoctoriaid a nyrsys a therapyddion ac arbenigwyr (ocê, dim cant a mil falle, ond gormod i fi gofio'u henwau nhw i gyd!). Nhw fydd y tîm fydd yn gyfrifol amdanat ti ac mae rhai ohonyn nhw wedi bod wrthi'n asesu a chynnal profion yn barod (ie, mwy o brofion – sori!). Y cam nesaf iddyn nhw fydd llunio cynllun gweithredu arbennig ar dy gyfer di, er mwyn gwneud y gorau o'r adnoddau sydd yn yr uned a hybu dy ddatblygiad di. Dydyn nhw ddim yn edrych yn rhy bell i'r dyfodol, dim ond gosod targedau realistig fel dy fod ti'n gallu gwneud rhyw fath o synnwyr o'r byd a'i bethau eto'n raddol bach. Dy helpu di i adfer rhai o'r sgiliau gollest ti yn y ddamwain, a dysgu addasu i fywyd gydag anaf i'r ymennydd. Dyna yw'r nod, medden nhw.

Ac yn rhyfedd ddigon, Lleu, mae un o'r nyrsys sy'n gweithio yma yn siarad Cymraeg! Erin yw ei henw hi, ac mae hi'n dod o Fangor yn wreiddiol. Mae dy gydlynydd gofal di ar y ward wedi cytuno taw Erin fydd yn bennaf cyfrifol am ofalu amdanat ti bob dydd, er mwyn i ti fedru cyfathrebu â hi, gobeithio, gan nad ydyn nhw'n siŵr faint o Saesneg rwyt ti'n ei gofio o hyd (er, mater arall yw a fyddi di'n deall ei hacen gog hi!).

Uned Niwroleg arbennig i blant a phobl ifanc yw hon – un o'r unig rai o'i bath ym Mhrydain, ac un o'r goreuon drwy Ewrop gyfan. Ar hyn o bryd, rwyt ti'n un o ddeuddeg claf rhwng tri mis a deunaw oed sydd yma – pob un â rhesymau gwahanol dros fod angen triniaeth niwrolegol arbenigol. Mae rhai yma o ganlyniad i salwch – fel epilepsi neu lid yr ymennydd – a rhai, yn debyg i ti, o ganlyniad i anaf gawson nhw ar ôl damwain. Dydyn ni ddim yn siŵr pa mor hir fyddi di yma, ond yn bendant dyma un o'r llefydd gorau i ti fod ar hyn o bryd er mwyn cael y gofal a'r sylw arbenigol rwyt ti eu hangen.

Rwyt ti ar dy eistedd yn y gwely wrth i fi sgrifennu hwn, a Mam wrth dy ochr di'n darllen rhai o'r negeseuon a'r llythyron di-ri sydd wedi cyrraedd dros yr wythnosau diwethaf. Mae hi'n siarad yn dawel ac araf, gan ddefnyddio brawddegau syml. Galla i dy weld di'n canolbwyntio orau galli di, ond dwi ddim yn siŵr faint rwyt ti'n ei ddeall chwaith.

> *"Cofion annwyl atat ti, Lleu,*
> *gan edrych ymlaen at dy weld di cyn hir.*
> *Oddi wrth*
> *Anti Caryl, Wncwl Dewi, Math a Sioned.*

Chwaer Dad yw Anti Caryl," dwi'n clywed Mam yn esbonio'n bwyllog wrthot ti. "A'i gŵr hi yw Wncwl Dewi. Math a Sioned yw eu plant nhw – dy gefnder a dy gyfnither di. Ma Math yn ddeg oed a Sioned yn wyth. Rwyt ti a Math yn dipyn o fêts! Maen nhw'n byw yng Nghaerdydd – ma Wncwl Dewi'n gweithio i gwmni teledu..."

Dwi'n gweld y dryswch yn dy lygaid di wrth i ti syllu i'r gwagle o dy flaen. Rwyt ti'n trio dy orau glas i ganolbwyntio, i ddeall, i gofio. Ond does dim yn dod. Mae fel pe bai niwl trwchus wedi'i daenu'n flanced dros dy feddwl di. Dwi'n estyn yr albwm lluniau i Mam, ac yn pwyntio at un llun yn benodol. Falle y gwneith hynny helpu rhywfaint. Falle...

"A-ha, dyma ni – Anti Caryl, Wncwl Dewi, Math a Sioned, a Cain a tithe hefyd, pan aethon nhw â chi i wersylla i Sir Benfro rhyw ddwy flynedd yn ôl. Traeth Mawr ar bwys Tyddewi sydd fan hyn, dwi'n meddwl. Edrych ar y clamp o gastell tywod r'ych chi newydd ei adeiladu...!"

Rwyt ti'n syllu a syllu ar y llun, a golwg wedi ymlâdd yn dy lygaid di. Rwyt ti'n codi dy ben i edrych draw ata i, o glywed fy enw i, ac yn gwenu. O'r diwedd, ers ychydig ddyddiau, rwyt ti wedi cychwyn gwneud cysylltiad rhwng yr enw 'Cain' a'r person bach niwsans 'ma sy'n dy ddilyn di o gwmpas drwy'r amser! Wyt, rwyt ti wedi dechrau fy adnabod i, a Mam a Dad hefyd, sy'n gam anferthol ymlaen. Ond dyw hi ddim yn glir faint rwyt ti'n ein cofio ni o'r cyfnod cyn y ddamwain, chwaith. Mae'n rhaid i ni fod yn amyneddgar a realistig ynglŷn â hynny, meddai'r doctoriaid.

Na, does dim ymateb i'r llun, dim byd. Dwi'n synhwyro'r rhwystredigaeth yn corddi ynot ti.

"Paid â phoeni, Lleu, paid â phoeni. Ewn ni mlân at un bach arall..."

Mae Mam yn trio'i gorau i dy gysuro di, ac yn gosod y llun 'nôl yn yr albwm. Yna, mae'n ailgydio yn y pentwr o gardiau a llythyron.

> "*Gan feddwl amdanat bob dydd, Lleu,*
> *a gweddïo am dy wellhad,*
> *Oddi wrth*
> *Teulu Brynsaron.*

O, chware teg iddyn nhw, maen nhw wedi anfon cyfraniad at yr apêl hefyd."

Dwi'n meddwl taw siarad â Dad mae Mam wrth ddweud hynny. Yna, mae hi'n troi 'nôl atat ti.

"Maen nhw'n bobl hyfryd, Lleu – Mr a Mrs Williams a Dylan a Nia'r plant. Ma Dylan a Nia yn yr ysgol, ychydig yn iau na chi..."

Does dim ymateb wrthot ti, dim ond golwg ddryslyd, bell. Tybed fyddi di byth yn cofio'r holl bobl 'ma oedd unwaith yn rhan mor ganolog o dy fywyd di?

Mae Mam yn cydio yn y cerdyn nesaf.

"*We saw your story on the news, and felt we had to write. We don't know you personally, but your story has touched our hearts...*"

Mae hi'n stopio darllen yn sydyn, ar ganol brawddeg. Falle'i bod hi'n teimlo'i bod hi'n rhy gynnar i ti glywed negeseuon fel'na (er bod llwyth ohonyn nhw, cred ti fi!). Falle'i bod hi'n sylweddoli na fyddet ti'n deall llawer o'r neges, beth bynnag, gan ei bod hi yn Saesneg. Neu falle'i bod hi jyst yn gallu gweld pa mor flinedig rwyt ti'n edrych. Gwell rhoi'r gorau iddi am y tro. Allwn ni ddim disgwyl gwyrthiau dros nos, ac mae'n well cyflwyno gwybodaeth a thrio procio dy gof di'n raddol, gan bwyll bach.

Wrth edrych trwy dy lyfrau di a'u gosod nhw ar y silffoedd bore 'ma (yn nhrefn yr wyddor, dwi'n addo!), fedrwn i ddim peidio â meddwl am y cannoedd ar filoedd o silffoedd yn llawn dop o lyfrau o bob lliw a llun a welson ni ar drip ysgol i'r Llyfrgell Genedlaethol yn Aberystwyth rhyw dro. Dwi'n cofio synnu at ba mor gyflym roedd modd i'r staff yno ddod o hyd i lyfr penodol – rywle yng nghrombil yr adeilad anferthol – pan fyddai aelod o'r cyhoedd yn gofyn amdano. Dwi'n dychmygu taw rhywbeth yn debyg i silffoedd mewn llyfrgell yw ein cof ni, Lleu – miloedd ar filoedd o atgofion wedi'u storio'n ofalus ac yn drefnus (yn nhrefn yr wyddor, o bosib!). Ar hyn o bryd, rwyt ti'n cael trafferth cael hyd i dy atgofion di, gan eu bod nhw wedi eu cymysgu i gyd. Ond maen nhw yno'n rhywle, dwi'n siŵr. Maen nhw fel y llyfrau prin, gwerthfawr hynny sy'n cael eu cadw'n ofalus o dan glo, yn bell o afael pawb, ac sy'n cymryd ychydig mwy o amser i gael hyd iddyn nhw, dyna i gyd.

Reit, dwi'n mwydro eto! Byddai'n well i fi roi'r gorau i sgrifennu am y tro gan fod Mam eisiau help gyda'r gorchudd gwely, er mwyn i ti gael cyfle i gysgu ychydig bach. Dwi'n edrych ymlaen at weld dy ymateb di wrth i ni ei osod e ar y gwely. Fydd e'n golygu rhywbeth i ti, tybed?

Wythnos arall o ysgol sydd tan y gwyliau Pasg, Lleu. Fedra i ddim aros! Tra bo plant eraill y dosbarth yn gyffrous am gael mynd ar eu gwyliau i lefydd fel Sbaen neu Lundain neu Gaerdydd, y cyfan dwi eisiau yw cael treulio pythefnos gyfan − pedwar ar ddeg o ddiwrnodau − fan hyn gyda ti! Ac mae Dad wedi trefnu cael pythefnos i ffwrdd o'r gwaith, felly bydd e yma gyda ni hefyd. Mae e a'r doctoriaid yn trio darbwyllo Mam i fynd adre am rai dyddiau, tra ein bod ni yma, er mwyn iddi gael brêc (dyw hi heb fod adre ers diwrnod y ddamwain!). Ond dwi'n amau'n gryf a wneith hi. Mae hi'n gallu bod yn styfnig ac yn benderfynol iawn (ddywedes i dy fod ti'n tynnu ar ôl Mam!).

Reit 'te, Lleu, cyn i fi orffen, dyma ambell ffaith fach arall am dy gyflwr di ar hyn o bryd:

- Er bod dy gydsymud di'n araf ac yn ansicr iawn o hyd, fe lwyddaist ti ddoe i fwydo dy hun â phowlennaid gyfan o *soup* am y tro cyntaf ers y ddamwain. Roedd y nyrsys yn hynod blês â hynny (er, fe gymerodd hi bron i dri chwarter awr i ti wneud. Dwi'n siŵr fod y *soup* yn oer fel talpyn o rew erbyn i ti orffen!).
- Gan nad wyt ti prin wedi symud dy gorff ers dros ddeg wythnos, mae'n rhaid i nyrs archwilio dy groen di bob dydd rhag ofn fod briwiau'n datblygu arno (a rhwymo unrhyw friwiau, os oes angen).
- Un o dargedau cyntaf Dr Sarah, dy gydlynydd gofal

di sy'n digwydd bod yn un o brif ddoctoriaid yr uned, oedd dy weld di'n cael dy symud o'r gwely i eistedd mewn cadair freichiau bob hyn a hyn, er mwyn i ti ddechrau trio symud ychydig ar dy gymalau. Ond ddywedodd hi ddim erbyn pryd yn union, chwaith – "No pressure, no time limits, all in his own good time. Go slow…" Y cam nesaf wedyn fydd sesiynau gyda'r ffisiotherapydd er mwyn dechrau ymarfer ac ystwytho'r cymalau.

- *Post-traumatic amnesia* yw'r term meddygol am yr hyn sydd wedi digwydd i dy gof di, yn ôl yr arbenigwyr. Does neb yn siŵr pa mor hir gymerith hi i dy atgofion di ddod yn ôl, a does dim sicrwydd y gwnei di gofio popeth am dy fywyd cyn y ddamwain hyd yn oed wedyn. Ond r'yn ni i gyd yn byw mewn gobaith, Lleu. Mae'n rhaid i ni…

- Mae dy stafell newydd di reit yng nghefn yr adeilad, ac mae golygfa hyfryd yma o ardd yr ysbyty. Wrth sgrifennu, dwi'n edrych drwy'r ffenest ac yn sylwi bod dail wedi dechrau ymddangos ar rai o'r coed. Mae 'na ambell genhinen Bedr i'w gweld hefyd, a galla i deimlo awel gynnes yn treiddio trwy'r ffenest agored. Mae'r gwanwyn yn ei ogoniant, Lleu – dy hoff dymor di o'r flwyddyn.

Iawn, tan yr wythnos nesaf 'te, Lleu. Caru ti xx

Syllu.

Syllu a syllu.

"A-ha, dyma ni – Anti Caryl, Wncwl Dewi, Math a Sioned, a Cain a tithe hefyd, pan aethon nhw â chi i wersylla i Sir Benfro rhyw ddwy flynedd yn ôl. Traeth Mawr ar bwys Tyddewi sydd fan hyn, dwi'n meddwl. Edrych ar y clamp o gastell tywod r'ych chi newydd ei adeiladu...!"

Syllu a syllu ar y llun.

Anti Caryl? Wncwl Dewi? Math? Sioned?

Cain? Ie, Cain. Gwenu ar Cain.

C–a–i–n.

Gwrando'n astud. Pob gair, pob llythyren.

Sir Benfro? Traeth Mawr? Gwersylla? Dwy flynedd yn ôl?

Trio... trio deall, meddwl, cofio. Trio 'ngore...

Tywod a thraeth a thwyni? Adeiladu castell?

Methu... methu deall, meddwl, cofio. Methu gweld yn iawn. Dim ond blerwch o wynebau ar ddarn o bapur, a niwl trwchus.

Wedi blino. Blino'n lân.

Trio 'ngore.

Pen yn troi. Pen yn dost.

Methu deall.

Methu cofio.

Trio 'ngore...

Sori...

Sori, Mam.

Sori, Cain.

Sori.

Dydd Sadwrn, Mawrth yr 21ain

Bore da, Lleu! Ac mae hi *yn* fore da, hefyd. Yn fore hyfryd o wanwyn, ac yn fore cyntaf gwyliau'r Pasg. Hwrê! Newyddion da, Lleu – dwi yma i aros am bythefnos (neu newyddion drwg, gan ddibynnu sut rwyt ti'n edrych ar bethau...!). Fe gyrhaeddodd Dad a fi yn hwyr neithiwr – yn rhy hwyr i dy weld di cyn i ti fynd i gysgu, yn anffodus. A phan gerddon ni i mewn i dy stafell di bore 'ma, dyna lle'r oeddet ti ar dy eistedd yn y gwely, yn gwisgo'r crys pêl-droed gest ti gan Mrs Puw, a gwên enfawr ar dy wyneb.

"Helô, Cain!" meddet ti. Alli di ddychmygu sut roeddwn i'n teimlo?! Roedden nhw'n ddau air bach digon dibwys i unrhyw un arall, ond dyna'r ddau air pwysicaf yn y byd i gyd i fi ar y pryd. Dwi'n meddwl bod Mam ac Erin (y nyrs o Fangor) yn ogystal â'r therapydd iaith a lleferydd wedi bod yn dy baratoi di er mwyn eu dweud nhw, cofia, ond does dim ots gyda fi. Mae hyn yn gam mawr arall ymlaen – dyna sy'n bwysig.

Fe ddaeth Dad a fi â llond sach – yn llythrennol – o gardiau a llythyron a gyrhaeddodd i ti yn ystod yr wythnos. Bydd yn rhaid i ni ddechrau gweithio trwyddyn nhw y prynhawn yma, gan bwyll (dwi'n meddwl y bydd angen i ti gael asiant neu PA cyn hir, Lleu, i ddelio â'r holl *fan mail* 'ma!). Ers i bobl glywed dy fod ti wedi deffro o'r *coma*, mae nifer y negeseuon wedi dyblu, siŵr o fod. Druan â'r postmon! Wrth gwrs, dwyt ti ddim yn gallu eu darllen nhw dy hun ar hyn o bryd, ond rwyt ti'n mwynhau edrych arnyn nhw a chlywed y cynnwys, ac mae'n braf gwybod bod cymaint o bobl yn meddwl amdanat ti.

Dwi hefyd wedi dod â rhai o'r posteri o dy stafell wely di gartref er mwyn addurno'r waliau fan hyn (mae Dad wedi cael caniatâd, dim ond ein bod ni'n ofalus gyda'r Blu-Tack). Mae 'na un poster o dîm rygbi Cymru wedi iddyn nhw ennill Pencampwriaeth y Chwe Gwlad ddwy flynedd yn ôl, ac un o dîm pêl-droed Cymru (dwi ddim yn meddwl eu bod nhw wedi ennill unrhyw beth!). Mae 'na un arall yn llawn diagramau a ffeithiau gwyddonol am gorwyntoedd (*bo-ring* os ti'n gofyn i fi, ond rwyt ti – *roeddet ti* – yn mwynhau ei astudio fe am oriau), ac un o laniad Neil Armstrong ac *Apollo 11* ar y Lleuad. Ond dy hoff boster di pan oeddet ti gartref, heb os, oedd yr un o arwyddlun tîm pêl-droed Lerpwl, a'r aderyn balch a'r geiriau 'You'll Never Walk Alone' yn glir oddi tano. R'yn ni am hongian hwnnw reit wrth ymyl dy wely di.

Fe gest ti noson dda o gwsg neithiwr, meddai Mam, er dy fod ti'n flinedig iawn o hyd. Dyna un o brif effeithiau anaf i'r ymennydd, yn ôl y doctoriaid – *extreme fatigue*, neu flinder llethol – a dyw cael ambell noson dda o gwsg ddim yn ddigon i gael gwared ar hynny, yn anffodus. Mae'n rhaid gwneud yn siŵr nad wyt ti'n gor-wneud pethau, ac mae dy raglen bersonol di wedi'i chynllunio er mwyn sicrhau nad wyt ti'n cael dy lwytho â gormod o driniaethau adfer mewn diwrnod – dim ond sesiynau gweddol fyr ar y tro. Ond, ar ôl dweud hynny, mae Dr Sarah yn awyddus i ti gadw'n brysur gan fod angen strwythur pendant i dy ddiwrnod di, ac mae hi am i ti gael dy herio reit o'r cychwyn, er mwyn annog cymaint â phosib ar dy ddatblygiad di. Fe ddechreuaist ti gael sesiynau gyda rhai o arbenigwyr yr uned yn ystod yr wythnos, ac roedd hi'n amlwg o'r dechrau, meddai Mam, dy fod ti'n trio dy orau glas ym mhob sesiwn (fyddwn i'n disgwyl dim llai wrthot ti cofia, Lleu!). Mae 'na lwyth o arbenigwyr gwahanol – pob un â'i deitl crand a'i rôl hollbwysig i'w chwarae yn dy adferiad di. Doeddwn i heb glywed am hanner y swyddi o'r blaen, heb sôn am wybod beth mae'r bobl 'ma'n ei wneud (mae swydd meteorolegydd yn swnio'n syml mewn cymhariaeth!). Dyna i ti:

- Dr Mathias, y niwroseicolegydd clinigol
- Dr Adams, y therapydd galwedigaethol
- Dr Walker, y therapydd iaith a lleferydd
- Dr Antoninis, y ffisiotherapydd...

... heb sôn am y llu o ddoctoriaid a nyrsys arferol hefyd, wrth gwrs!

Fe roddodd Dr Sarah lwyth o bamffledi a thaflenni gwybodaeth i Dad wrth i ni gyrraedd bore 'ma. Mae'n bwysig ein bod ni fel teulu yn darllen cymaint â phosib o wybodaeth gefndirol am dy gyflwr di, meddai hi, er mwyn ein helpu ni i ddeall yr hyn sy'n digwydd i ti a'r hyn allai ddigwydd yn y dyfodol. Dwi'n gwybod bod Mam wedi eu darllen nhw o glawr i glawr sawl tro yn barod, a gwneud nodiadau manwl. Dyna mae hi'n ei wneud, yn bennaf, tra'i bod hi yma yn ystod yr wythnos, ac mae hi wedi dysgu'r rhan fwyaf o'r wybodaeth ar ei chof erbyn hyn, dwi'n siŵr! Mae Dad a fi'n mynd i edrych drwyddyn nhw'n iawn prynhawn 'ma, ac mae Dad wedi addo esbonio unrhyw beth dwi ddim yn ei ddeall.

"It's especially important for Cain to understand," fe glywais i Dr Sarah yn dweud yn dawel wrtho fe, pan oedd hi'n meddwl nad oeddwn i'n gwrando. "All this must be so terribly confusing for her."

Ond dwi *yn* deall, Lleu – yn deall mwy na maen nhw'n feddwl. Dwi'n deall bod ffordd hir o dy flaen di ac o'n blaenau ni, a bod angen i ni i gyd fod yn gryf. Yn deall bod yr hen Lleu wedi mynd, i raddau, a bod yn rhaid i ni wneud popeth posib er mwyn helpu'r Lleu newydd.

"But you must stay positive," aeth Dr Sarah yn ei blaen. "After all, the brain has a remarkable capacity for relearning many skills that have been lost. We can only hope for the best. He's a strong, fit young man, and that's to his advantage. And although no magic solutions exist for retaining damaged memory, we must be patient and take one step at a time. No two children, and no two injuries, are the same. It's impossible to tell how he'll be, long term, but he's doing very well so far..."

Mae Dr Sarah yn defnyddio tipyn o eiriau mawr Saesneg, fel y gweli di, Lleu, ond dwi'n credu 'mod i'n deall yr hyn roedd hi'n trio'i ddweud. Mae 'na obaith, a thra bod gobaith, mae'n rhaid cadw'n bositif.

O ie, cyn i fi orffen sgrifennu am heddiw, mae un peth arall dwi eisiau sôn wrthot ti amdano... Wnei di fyth ddyfalu beth wnes i ddoe. Roedd yr ysgol yn cynnal gwasanaeth y Pasg yn eglwys y pentre, a phawb yn cymryd rhan mewn rhyw ffordd neu'i gilydd. Fel arfer, fyddwn i byth bythoedd yn gwneud unrhyw beth mwy na sefyll yng nghefn y côr neu'r parti canu, allan o olwg pawb, yn meimio'r geiriau heb i neb sylwi arna i. Ond y tro hwn, pan ofynnodd Miss Llywelyn i fi fyddwn i'n fodlon gwneud darlleniad byr, gan fod pawb arall o Flwyddyn 6 yn gwneud, fe gytunes i! Do, wir i ti! Fi, Lleu, oedd ddim hyd yn oed yn siŵr oeddwn i'n credu mewn Duw tan yn ddiweddar... Roeddwn i'n teimlo'n hollol sâl ac yn crynu fel jeli am ddyddiau wrth feddwl am y peth, cofia, ond fe wyddwn i bod yn rhaid i fi wneud, bod yn rhaid i fi fod yn ddewr. Wedi'r cyfan, pan dwi'n meddwl am bopeth rwyt ti wedi'i wynebu dros y tri mis diwethaf, dwi'n sylweddoli beth yw dewrder go iawn. Darllen o ddarn o gopi o 'mlaen i mewn pwt o gyngerdd oedd y peth lleiaf y gallwn i ei wneud!

Roedd Dad yno'n fy ngwylio i, reit yn y rhes flaen, a rhoddodd e gwtsh mawr i fi ar ôl i fi orffen.

"Dwi mor browd ohonot ti, Cain" meddai'n dawel yn fy nghlust i.

Hoffwn i pe baet ti a Mam wedi gallu bod yno hefyd, Lleu. Dwi'n hoffi meddwl y byddech chithau wedi bod yr un mor browd.

O ie, a sôn am Mam... O'r diwedd, ar ôl tipyn o berswâd, mae hi wedi cytuno i fynd adre am rai dyddiau ddechrau'r wythnos nesaf. Er y bydd hi'n rhyfedd iddi dy adael di, fe wneith y newid fyd o les iddi. Felly sori, Lleu, ond byddi di'n styc gyda dim ond Dad a fi o ddydd Llun tan ddydd Iau!

Mae Dad wrthi'n mynd trwy rai o'r lluniau yn yr albwm gyda ti wrth i fi sgrifennu hwn. Mae e newydd ddod ar draws llun ohonon ni'n sgio ar lethr artiffisial Llangrannog ychydig dros flwyddyn yn ôl. Roedden ni'n paratoi at fynd ar wyliau sgio i Awstria dros wyliau'r Pasg. Mae'r pedwar ohonon ni – Mam a Dad a ni'n dau – yn gwenu'n braf ar y camera...

"Edrych, Lleu. R'yn ni'n sgio fan hyn, yn Llangrannog. Nid eira go iawn yw e – fe aethon ni i Awstria ychydig wythnose wedyn. Ro't ti'n wych ar sgîs, ond Cain druan, wel...!"

Fedra i ddim peidio â chwerthin wrth gofio amdana i a fy nwy droed chwith yn trio 'ngorau i reoli'r sgîs yn Llangrannog, ac yna yn yr Alpau. Mae'n wyrth na wnes i dorri 'nghoes neu 'mraich yn Awstria, wir i ti, Lleu. Dychmyga – byddai hynny wedi golygu ymweliad arall â'r ysbyty! Ond mae Dad yn iawn – roedd hi fel pe baet ti wedi cael dy eni â phâr o sgîs yn sownd wrth dy draed di!

Mae Dad yn chwerthin wrth gofio hefyd, ond dwyt ti ddim. Rwyt ti'n syllu'n hir ar y llun, yn astudio pob modfedd ohono, heb ddweud gair. Mae'n anodd dweud a yw'r hanes yn golygu unrhyw beth i ti, ond dwi'n amau hynny rywsut, o ystyried yr olwg ddryslyd yn dy lygaid di.

"Fe gawson ni un o staff y llethr sgio i dynnu'r llun – roedd hi'n anodd cael llun ohonon ni'n pedwar gyda'n gilydd... Roedd hi'n ddiwrnod oer ofnadw. Edrych ar dy gôt sgio goch lachar newydd di...!"

Wrth i Dad siarad, daw Erin i'r stafell a chyhoeddi ei bod hi'n amser cinio. Mae Dad yn rhoi'r llun 'nôl yn yr albwm, heb ddweud gair arall. Dwi'n meddwl ei fod e'n sylweddoli nad oes pwynt dweud mwy, ddim heddiw.

Dwi am dy helpu di i fwyta dy ginio nawr, Lleu. Dyma ambell ffaith fach arall i dy helpu di i ddod i adnabod dy hun – y Lleu newydd – yn well:

• Erbyn hyn rwyt ti'n llwyddo i fwydo dy hun yn fwyfwy aml, er bod dy ddwylo di'n grynedig iawn a dy gydsymud di'n araf o hyd. Ac er nad wyt ti'n rhy hoff o fwyd yr ysbyty chwaith! Mae'n gallu bod yn rhwystredig iawn i ti pan wyt ti'n methu gwneud gweithredoedd syml oedd yn arfer dod mor rhwydd. Rwyt ti'n gallu mynd yn flin a diamynedd o achos hynny.

• Rwyt ti wedi dechrau rhoi geiriau syml Cymraeg a Saesneg at ei gilydd wrth siarad, ond dydyn ni ddim yn siŵr faint rwyt ti'n ei ddeall pan fydd rhywun yn siarad â ti. Un arall o brif broblemau anaf i'r ymennydd fel sydd gyda ti yw trafferth prosesu geiriau a gwybodaeth – dyna pam mae'n rhaid i ni siarad mor glir ac araf â phosib. Rwyt ti'n ei chael hi'n anodd dilyn sgyrsiau a deall yr hyn mae pobl yn ei ddweud, felly mae'n rhaid i ni fod yn ofalus nad ydyn ni'n siarad gormod (fuodd yr ymadrodd "Cain, stopia fwydro!" erioed mor berthnasol!).

- O'r eirfa weddol brin sydd gyda ti ar hyn o bryd, rwyt ti'n ei chael hi'n anodd cofio geiriau, ac yn drysu ystyron hefyd (cyflwr o'r enw *aphasia* sy'n gyffredin ar ôl i rywun gael anaf i'r ymennydd, meddai'r doctoriaid). Rwyt ti hyd yn oed wedi dechrau bathu dy eiriau dy hun pan na fyddi di'n siŵr o'r gair cywir! 'Trolo' yw 'cyllell', 'brot' yw 'llyfr' a 'rhagli' yw 'gorwedd', er enghraifft! Duw a ŵyr o ble ddaeth y geiriau yna – 'Iaith Lleu' r'yn ni'n ei galw hi! Mae'n fy atgoffa i o hanes Mam a Dad am yr iaith arbennig oedd gyda ti a fi pan oedden ni'n dipyn iau, er nad ydw i'n cofio hynny rhyw lawer (mae bathu eu hiaith eu hunain yn reit gyffredin ymysg efeilliaid pan maen nhw'n ifanc, yn ôl pob tebyg).

- Dwyt ti heb ddweud gair am y ddamwain ers i ti ddeffro, a does neb wedi siarad â ti am y peth eto, chwaith. Does neb yn siŵr ar hyn o bryd pryd fydd yr amser iawn i wneud hynny...

Hwyl am y tro 'te, Lleu xx

Syllu a syllu.

"Edrych, Lleu. R'yn ni'n sgio fan hyn, yn Llangrannog. Nid eira go iawn yw e – fe aethon ni i Awstria ychydig wythnose wedyn. Ro't ti'n wych ar sgîs..."

Syllu a syllu ar y llun yn ei law.

Sgio? Llangrannog? Awstria? Dad a Mam a Cain a fi?

Trio... trio deall, meddwl, cofio. Trio 'ngore...

"... ond Cain druan, wel...!"

Cain yn chwerthin, Dad yn chwerthin.

Chwerthin, chwerthin.

Trio cofio, trio 'ngore...

Gwrando'n astud ar bob gair, pob llythyren.

"Fe gawson ni un o staff y llethr sgio i dynnu'r llun... Diwrnod oer... Côt sgio goch lachar newydd...!"

Siarad, siarad, siarad. Rhy gyflym, Dad, rhy gyflym. Methu deall y geirie, methu cofio...

Diwrnod oer? Côt goch gynnes?

Wedi blino. Blino'n lân. Pen yn troi.

Rhy gyflym...

Methu... methu deall, methu meddwl, methu cofio. Methu gweld yn iawn, hyd yn oed...

Trio 'ngore...

Sori, Dad.

Sori, Cain.

Methu cofio.

Sori.

Dydd Sul, Mawrth y 29ain

Pasg Hapus, Lleu! Wrth i fi sgrifennu hwn, rwyt ti'n eistedd yn y gadair freichiau wrth y gwely (ie, yn y GADAIR FREICHIAU, Lleu, nid yn y gwely!), ac wrthi'n lliwio llun o wy Pasg patrymog. Dwy weithred hollol syml, ond dau ganlyniad positif i dy sesiynau therapi di yr wythnos hon. Dyma grynodeb bras o'r hyn rwyt ti wedi bod yn ei wneud gyda'r gwahanol arbenigwyr:

Ffisiotherapydd

- Ystwytho'r cyhyrau a'r cymalau, yn enwedig yn y coesau (doedden nhw prin wedi cael eu symud wrth orwedd mewn gwely am dri mis, ac mae dy goes chwith di mewn plastar o hyd).
- Gwneud ymarferion ar dy eistedd i gychwyn, ond codi o'r gwely mor aml â phosib er mwyn gwella dy gydsymud a dy gydbwysedd.
- Trio mynd i'r afael ag *ataxia* (un o sgileffeithiau'r anaf i dy ymennydd di, sef cryndod afreolus sy'n effeithio'r gallu i gydsymud a rheoli symudiadau).
- Ymarfer dal mewn creon trwchus a'i reoli wrth liwio.

Therapydd Iaith a Lleferydd

- Gwella dy ddealltwriaeth o eiriau syml.
- Datblygu dy sgiliau cyfathrebu (ar lafar, yn bennaf, ar hyn o bryd).
- Dy helpu di i ddewis y geiriau cywir i'w defnyddio mewn gwahanol gyd-destunau, yn Gymraeg a Saesneg (Erin yn cyfieithu pan fo angen).

Therapydd Galwedigaethol

- Ymarferion trefn a dilyniant syml (e.e. gorfod penderfynu ar y drefn gywir wrth wisgo ac ymolchi yn y bore).

Y ffisiotherapydd awgrymodd dy fod ti'n lliwio'r llun o'r wy Pasg, gan fod hyn yn ymarfer da i dy ddwylo di. Roeddet ti'n edrych fel pe baet ti'n mwynhau i gychwyn, ac wrth dy wylio di fedrwn i ddim peidio â meddwl am dasgau tebyg roedden ni'n arfer eu gwneud ym Mlwyddyn 1 neu Flwyddyn 2 yn yr ysgol. Dwi'n meddwl dy fod ti wedi blino erbyn hyn, serch hynny, ac yn teimlo braidd yn rhwystredig gan nad wyt ti'n gallu rheoli'r creon gystal ag yr hoffet ti. Dwi'n adnabod yr arwyddion erbyn hyn, ac mae Erin yn gyfarwydd â nhw hefyd.

"Gad o am ychydig, Lleu. Jyst cau dy lygaid am bum munud – gorffwysa."

Da yw Erin. Mae hi'n dy ddeall di i'r dim yn barod.

Wyt, rwyt ti wedi bod yn brysur ers dydd Sadwrn diwethaf, a dwi wedi bod yn brysur hefyd! Roeddwn i wedi gobeithio sgrifennu ychydig yn y dyddiadur bob dydd tra 'mod i yma dros wyliau'r Pasg, ond dwi ddim wedi cael llawer o gyfle. Dwi hefyd wedi penderfynu bod treulio amser gyda ti, nawr dy fod ti'n fwy ymwybodol o'r hyn sy'n digwydd o dy gwmpas di, yn bwysicach na sgrifennu yn hwn am oriau. Dwi wedi bod yn brysur y rhan helaeth o bob dydd yn rhoi trefn ar dy gardiau a dy lythyron di mewn llyfr sgrap arbennig. Rwyt ti wedi derbyn dros fil (ie, 1,000!) o negeseuon yn dymuno'n dda i ti ers y ddamwain, ac maen nhw'n dal i gyrraedd bob dydd! Fe ddes i â fy llyfr braslunio hefyd yn y gobaith o gael cyfle i fynd allan – i'r ardd, falle – i fraslunio rhywfaint. Ond dwi heb agor hwnnw eto chwaith! Fe gaf i gyfle cyn hir, gobeithio.

Fe gyrhaeddodd Mam 'nôl yma nos Iau ac roedd golwg gymaint gwell arni. Roedd hi'n edrych fel pe bai hi wedi cael blwyddyn gyfan o gwsg! Dwi'n meddwl taw cysgu fuodd hi'n ei wneud fwyaf tra buodd hi gartref, a mynd am sawl wac hir gyda Cadi i'r traeth. Roedd e siŵr o fod yn brofiad rhyfedd ofnadwy iddi fod gartref ar ôl yr holl amser, o ystyried popeth sydd wedi digwydd. Wedi'r cyfan, mae'n ddigon rhyfedd i Dad a fi fynd adre bob nos Sul. Mae'n teimlo fel byd arall fan hyn o fewn swigen yr ysbyty, a dyw'r byd go iawn y tu hwnt i'r waliau 'ma ddim yn bodoli rywsut.

Buodd rhai o ffrindiau Mam o'r pentre ac o'r gwaith draw i'w gweld hi ac fe wnaeth les iddi weld pobl wahanol. Mae pawb wedi bod mor gefnogol – chredi di fyth faint o wyau Pasg mae Mam wedi dod 'nôl â nhw gyda hi... Dau ddeg wyth! Dau ddeg wyth wy Pasg, Lleu, i ti! Mae hynna'n rhyw fath o record, dwi'n siŵr! Dwi wedi cael yr un faint hefyd, cofia, felly dwi ddim yn cwyno! Ydy hi'n bosib i un person fwyta dau ddeg wyth wy Pasg, ti'n meddwl?! Mae Mam a Dad wedi penderfynu – ac rwyt ti a fi wedi cytuno hefyd (er ychydig yn anfoddog, rhaid i fi gyfaddef!) – i'w rhannu nhw rhwng y plant eraill ar y ward. Does dim lle yn dy stafell di i'w cadw nhw i gyd, heb sôn am y ffaith na fydden nhw'n gwneud llawer o les i'n dannedd ni!). R'yn ni'n mynd i'w dosbarthu nhw ar ôl swper.

Ar ôl i Mam gyrraedd, a threulio dydd Gwener i gyd gyda ti, dyma hi'n cyhoeddi'n sydyn ei bod hi am fynd â fi allan am y prynhawn ddoe.

"Mae'n bryd i ni dreulio prynhawn bach sbesial gyda'n gilydd, Cain," meddai hi. "Jyst ti a fi – d'yn ni heb wneud hynny ers amser. Nawr fod Lleu ychydig yn fwy sefydlog, dyma'n cyfle ni…"

Dwi'n meddwl ei bod hi'n poeni ei bod hi wedi fy esgeuluso i tra dy fod ti'n wael, gan taw dim ond wrth erchwyn dy wely di mae hi wedi 'ngweld i ers tri mis, fwy neu lai. Ond does dim angen iddi boeni, siŵr – dwi'n berffaith iawn. Dwi'n gwybod taw fan hyn gyda ti yw lle Mam a Dad ar hyn o bryd a fyddwn i ddim yn dymuno newid hynny am y byd.

Ond, ar ôl dweud hynny, fe gawson ni'n dwy brynhawn hyfryd ddoe. Fe aethon ni mewn i ganol Lerpwl i gael cinio. Dwi ddim yn ferch *girlie* o gwbl, felly roedd Mam yn gwybod na fydden i'n mwynhau prynhawn o grwydro siopau dillad… *Bo-ring*! Dyna pam roedd hi wedi trefnu i ni fynd i oriel gelf enwog y Tate Modern (na, dwi ddim yn drysu, Lleu – mae 'na un yn Lerpwl yn ogystal â Llundain!).

Yna, aethon ni i amgueddfa gelf arbennig i blant, lle ces i gyfle i wneud fy ngwaith celf fy hun (fe wnes i gerdyn arbennig i ti sy'n cael ei arddangos ar y sil ffenest yn dy stafell di erbyn hyn). Fe ges i amser grêt, Lleu – roedd hi mor braf gweld Mam yn ymlacio rhywfaint. Er, roedd hi'n awyddus iawn i ddod 'nôl atat ti ac roedd hi'n tsiecio'i ffôn yn aml rhag ofn fod Dad wedi trio cysylltu o'r ysbyty. Fe wnaeth les i fi hefyd, dwi'n meddwl – mae'n gallu mynd yn glawstroffobig yn yr ysbyty weithiau, heb i rywun sylwi. Duw a ŵyr sut rwyt ti'n teimlo, Lleu, a tithau heb adael ers misoedd erbyn hyn. Dwi'n benderfynol o fynd â ti allan am y diwrnod, pan fyddi di'n ddigon da i fynd. Dwi'n *addo*, Lleu.

Er 'mod i'n casáu siopa, roeddwn i eisiau prynu un peth penodol yn y ddinas ddoe – anrheg i ti! Ar ôl crafu pen am hydoedd, fe benderfynais gael wy Pasg i ti (ie, un arall – doeddwn i ddim yn meddwl bod cweit digon gyda ti, ti'n gweld...!). Ond, roedd hwn yn un arbennig, ac nid wy oedd e mewn gwirionedd, ond cwningen siocled. Roedd hi'n fy atgoffa i o dy drwyn di'n twitsio fel cwningen fach y diwrnod y deffraist ti o'r *coma*! Fe sgrifennodd y ferch yn y siop neges arbennig i ti arni – '*I'r brawd gorau yn y byd i gyd, Cariad mawr, Cain xx*'. Fe gafodd hi dipyn o drafferth sgrifennu hwnna yn Gymraeg! Roeddet ti wrth dy fodd â hi (er i fi orfod darllen y neges i ti, wrth gwrs). Dy gwningen arbennig di yw hi – fydd dim rhaid i ti ei rhannu hi â neb.

"Wyt ti'n barod am dy swper nawr, Lleu?"

Mae Erin newydd ddod mewn i'n hysbysu ni ei bod hi'n chwech o'r gloch, amser swper. Tra dy fod ti'n bwyta, dwi am ddarllen mwy o'r pamffledi gwybodaeth. Doedd dim syniad gen i fod yr ymennydd mor gymhleth – nac mor ddiddorol chwaith. Ti oedd yr un â'r meddwl gwyddonol, wedi'r cyfan, Lleu!

Oeddet ti'n gwybod hyn, er enghraifft...?

- Yr ymennydd yw organ fwyaf soffistigedig y corff. Dyma sy'n rheoli popeth r'yn ni'n ei wneud gyda'n cyrff, a phopeth r'yn ni'n ei ddweud ac yn ei feddwl. Mae'n rheoli ein hemosiynau ni a'r ffordd r'yn ni'n teimlo, hefyd.

- Mae'r ymennydd dynol yn fwy pwerus nag unrhyw gyfrifiadur.

- Mae'r ymennydd yn cael ei amddiffyn gan y penglog, a chlustog o ddŵr o'r enw *cerebrospinal fluid*.

- O edrych ar yr ymennydd o dan feicrosgop, mae'n bosib gweld ei fod wedi'i wneud o biliynau a biliynau o gelloedd nerfol o'r enw niwronau (ie, biliynau, Lleu!). Y niwronau hyn sy'n cysylltu'r ymennydd â gweddill y corff, trwy linyn y cefn.

- Mae rhan flaen yr ymennydd dynol yn fwy na rhan flaen ymennydd unrhyw anifail arall – gan gynnwys deinosoriaid!

- Mae'r penglog yn asgwrn caled dros ben sy'n amddiffyn yr ymennydd pan fyddwn yn bwrw ein pen neu'n cwympo. Mae babanod yn cael eu geni gyda phenglogau meddal, er mwyn caniatáu i'w hymennydd nhw dyfu.

- Mae ein hymennydd ni'n tyfu tan ein bod ni tua 20 oed ac mae'n pwyso tua 1.5kg ar gyfartaledd.

- Bydd y penglog yn caledu ar ôl i'n hymennydd ni orffen tyfu er mwyn ei gadw'n ddiogel.

- Ond, wrth gwrs, weithiau gall rhywun gael anaf difrifol i'w ben sy'n achosi *aquired brain injury* (ABI). Dyma ddigwyddodd i ti.
- Bob 30 munud, mae un plentyn neu berson ifanc rywle ym Mhrydain yn cael ABI, naill ai trwy ddamwain neu o ganlyniad i salwch.

Wel, Lleu – *fi*'n dysgu ffeithiau gwyddonol a meddygol i *ti*! Pwy feddyliai?!

Reit 'te, amser swper, ac yna amser dosbarthu wyau (ond dim cwningod!) Pasg.

Tan y tro nesaf 'te, Lleu xx

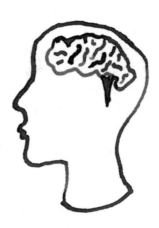

Lliwio.

Dal yn sownd yn y creon. Symud. 'Nôl a mlaen, 'nôl a mlaen ar hyd y papur.

Llinellau, patrymau, lliwiau.

Wy Pasg pert.

"Dau ddeg wyth wy Pasg, Lleu – record!"

Cwningen siocled – "I'r brawd gorau yn y byd i gyd…"

Cerdyn pert, pert.

Diolch, Cain. Diolch.

Dal yn y creon. 'Nôl a mlaen, 'nôl a mlaen.

Dwylo'n crynu, methu rheoli, anodd dal gafael.

Trio a thrio, dal yn sownd…

"Ti'n cofio, Lleu? Ti a fi'n neud hyn yn yr ysgol, pan o'n ni ym Mlwyddyn 1, neu falle Blwyddyn 2?"

Trio… trio meddwl, trio cofio. Trio 'ngore…

Yn yr ysgol? Lliwio? Creon? Llinellau? Patrymau? Lliwiau?

Methu… methu meddwl, methu cofio.

Trio 'ngore…

Sori, Cain. Sori.

Methu lliwio. Dwylo'n dost, pen yn dost. Wedi blino. Wedi blino'n lân. Dwylo'n araf, araf.

Methu… methu…

"Gad o am ychydig, Lleu. Jyst cau dy lygaid am bum munud – gorffwysa."

Sori – Erin? E-r-i-n. Sori, Erin.

Cau fy llyged. Wedi blino. Cau'r byd mas.

Dyna welliant.

Llonyddwch.

Tywyllwch.

Dim byd.

Dydd Sul, Ebrill y 5ed

Wel, mae gwyliau'r Pasg bron ar ben – alli di goelio hynny, Lleu? Pythefnos gyfan wedi mynd i rywle! Mae hi'n ddiwedd prynhawn, a Dad a finnau wedi pacio'n stwff a gadael y fflat yn barod i'w throi hi am y gorllewin. R'yn ni yn dy stafell di, ond gan dy fod ti'n cysgu'n sownd ar hyn o bryd mae gyda fi ddeg munud i sgrifennu pwt cyn i ni adael.

Dwi ddim yn synnu o gwbl dy fod ti'n cysgu, Lleu. Mae hi wedi bod yn wythnos brysur i ti eto o ran sesiynau therapi a gweithgareddau adfer, ac yn wythnos bositif hefyd, ar y cyfan. Rwyt ti wedi cael sawl sesiwn gyda'r niwroseicolegydd, sydd wedi bod yn trio adeiladu ar yr hyn rwyt ti'n ei gofio a'i ddeall – am dy fywyd di nawr a chyn y ddamwain. Er dy fod ti'n ei chael hi'n anodd cofio enwau a wynebau o un funud i'r llall, ac yn cael trafferth cofio pethau sydd newydd ddigwydd i ti hefyd, mae hi'n dechrau gweld gwelliant graddol yn dy gof tymor byr di. Mae 'na arwyddion gwan iawn dy fod ti'n dechrau cofio ambell beth am dy hen fywyd di hefyd, ac r'yn ni'n cael ein hannog i barhau i ddangos cymaint â phosib o hen luniau i ti, yn y gobaith y gwneith hynny sbarduno ambell atgof.

Rwyt ti hefyd wedi gweld y ffisiotherapydd sawl tro yn ystod yr wythnos, ac mae hi wedi bod yn canolbwyntio ar wella'r symudiad yn dy goesau a dy freichiau di. Erbyn hyn mae'r cydsymud yn dy freichiau di wedi datblygu ddigon i ti allu dechrau defnyddio cadair olwyn er mwyn symud mymryn o gwmpas y lle.

Mae hynny wedi bod yn beth mawr i ti, Lleu, gan nad wyt ti mor gaeth i'r gwely nac i dy stafell chwaith.

O ie, ac fe ddigwyddodd rhywbeth arall hefyd. Fe gyrhaeddodd claf newydd yma dydd Llun. Joe yw ei enw fe, ac mae e'n un ar ddeg, fel ni. Fe gafodd Joe anaf gwael i'w ben wrth gwympo oddi ar ffrâm ddringo uchel mewn parc antur rai wythnosau 'nôl, ac mae'i gyflwr e'n reit debyg i dy un di, mewn ffordd, er na fuodd e mewn *coma* mor hir â ti ac er nad yw e wedi profi cymaint o broblemau gyda'i gof ar ôl deffro. O Gaer mae e'n dod, ac mae chwaer gyda fe o'r enw Kelly sydd ddim ond flwyddyn yn hŷn na fe. Roeddwn i'n swil iawn pan ges i fy nghyflwyno i Kelly gan Dr Sarah am y tro cyntaf – roedd hi'n ymddangos mor bert a hyderus – ond roedd Dr Sarah yn awyddus iawn i ni gwrdd, gan ein bod ni'n mynd trwy brofiadau reit debyg ar hyn o bryd. Fel mae'n digwydd, mae Kelly yn ferch gyfeillgar ac annwyl dros ben, Lleu, ac yn hawdd iawn i siarad â hi. Ac mae hi'n hoff iawn o gelf hefyd, fel fi! Mae hi mor braf gallu trafod gyda rhywun sy'n deall go iawn beth r'yn ni wedi bod drwyddo dros y misoedd diwethaf. Dwi wedi treulio tipyn o amser gyda hi yn ystod yr wythnos, ac mae Joe a tithau wedi cadw cwmni i'ch gilydd dipyn hefyd, pan oedd cyfle i chi wneud, ac wedi dechrau mynychu ambell sesiwn therapi ar y cyd hefyd. R'ych chi wedi dod yn dipyn o fêts erbyn hyn. Mae Joe yn dwlu ar bêl-droed hefyd, yn digwydd bod – er, Everton yw ei dîm e, nid Lerpwl (a dwi'n deall digon am bêl-droed i wybod y gallai hynny fod yn broblem!).

O dan gyfarwyddyd y doctoriaid, rwyt ti wedi dechrau gwneud posau jig-so syml, yn y gobaith y bydd hynny'n help i adfer a datblygu dy gof, dy sgiliau prosesu gwybodaeth a dy allu di i wneud penderfyniadau yn annibynnol. Er 'mod i'n sylwi arnat ti'n mynd yn rhwystredig yn aml pan na fydd y darnau'n ffitio i'w llefydd neu pan na fydd dy ddwylo di'n symud fel rwyt ti am iddyn nhw wneud, dwi hefyd yn dy weld di'n gwella gan bwyll bach, ac erbyn hyn mae cwblhau jig-sos wedi mynd yn rhyw fath o gystadleuaeth rhyngot ti a Joe! Ond mae angen gweithio ar dy ddealltwriaeth di o bwysigrwydd cymryd tro wrth gwblhau gweithgareddau neu chwarae gêmau fel hyn – dyna un sgìl rwyt ti'n sicr wedi ei golli yn dilyn y ddamwain!

O, Lleu, alla i ddim credu bod yn rhaid i fi fynd 'nôl i'r ysgol fory. Byddai gymaint yn well gyda fi aros fan hyn gyda ti a Mam. Mae Kelly'n gorfod dychwelyd i'r ysgol fory hefyd (mae hi ym Mlwyddyn 7 ac yn yr ysgol uwchradd ers mis Medi), ond o leiaf bydd hi'n gallu dod sawl gwaith yn ystod yr wythnos i weld ei brawd, gan nad yw Caer yn bell o Lerpwl. Mae hi mor lwcus!

Felly, fory yw diwrnod cyntaf fy nhymor olaf i yn yr ysgol gynradd. Mae hynna'n codi ofn arna i, Lleu! Pwy feddyliai y byddwn i'n cychwyn ar y tymor hwnnw hebddot ti? Rwyt ti wastad wedi bod wrth fy ochr i, wastad...

Rwyt ti wedi deffro erbyn hyn, ac mae Dad wedi

dechrau dangos rhai o'r lluniau yn yr albwm i ti unwaith eto.

"Dyma ti y llynedd, ar fore dy arholiad piano di – Gradd 4, dwi'n meddwl, ie, Cain? Ro't ti wedi bod yn ymarfer yn galed am wythnose cyn hynny, ac fe wnest ti'n wych chwarae teg – *distinction* a phopeth!

"Diwrnod Nadolig ddwy flynedd yn ôl yw hwn. Ro't ti newydd gael gliniadur newydd sbon, ac wrth dy fodd â fe. Ro'dd dy lyged di'n sownd i'r sgrin drwy'r dydd. Set arlunio ddrud gafodd Cain, os dwi'n cofio'n iawn. A weli di'r goeden anferth 'na? Chi'ch dau fuodd wrthi'n ei haddurno hi. Sôn am fês...!

"Dyma ni – Cain a ti a Mam a finne – yn Eurodisney ar ein gwylie. Saith oed oeddech chi ar y pryd dwi'n meddwl, ie, Cain? Fe wnest ti lefen a llefen drwy'r pnawn, Lleu, gan fod dy hufen iâ di wedi toddi dros dy ddwylo di i gyd cyn i ti gael cyfle i'w fwyta fe...!"

Mae'n anodd dweud oes unrhyw un o'r lluniau neu'r atgofion yn canu cloch neu'n sbarduno unrhyw emosiwn ynddot ti. Rwyt ti'n cael trafferth ffocysu – fel pe bai dy lygaid di'n gwneud dolur neu'r hen niwl trwchus 'na wedi dychwelyd unwaith eto. Byddwn i'n fodlon gwneud unrhyw beth er mwyn gallu deall yr hyn sy'n mynd ymlaen yn dy feddwl di ar hyn o bryd, ac er mwyn trio helpu cael gwared ar y niwl, Lleu. Ond ydw i'n synhwyro golwg wahanol, rywsut, ar dy wyneb di wrth edrych ar y ddau lun olaf? Tybed...? Mae hi mor anodd dweud...

"Gad hi am nawr, Rhys," medd Mam yn dawel. "Dwyt ti ddim isie'i orflino fe. Sdim pwynt dangos gormod ar yr un pryd – cofia'r hyn ddwedodd y doctor..."

Felly dyna ni, am heddiw. Mae'n amser gadael, yn ôl Dad, cyn iddi ddechrau tywyllu. Dwi'n casáu ffarwelio ar nos Sul, ac yn poeni faint fyddi di'n ei gofio ohona i erbyn y nos Wener ganlynol. Ond mynd sydd raid, 'nôl at ein bywydau bob dydd ni, lle nad yw sesiynau therapi na gweithgareddau adfer na lliwio wyau Pasg na gwneud jig-sos yn bodoli o gwbl.

Chwech o bethau mae Dad a fi fel arfer yn eu gwneud yn y car er mwyn lladd amser ar y daith hir adre bob nos Sul:

- Chwarae'r gêm 'Platiau Rhif'. Mae'n rhaid i'r ddau ohonon ni gofio'r tair llythyren olaf ar blât rhif un o'r ceir sy'n dod i gwrdd â ni. Yna, mae'n rhaid defnyddio'r llythrennau hyn er mwyn creu ein stori ein hun (y llythyren gyntaf ar gyfer enw prif gymeriad y stori, yr ail ar gyfer lleoliad y stori, a'r drydedd ar gyfer gweithred mae'r prif gymeriad yn ei chyflawni). R'yn ni wedi cael oriau o hwyl, Lleu – dyma fy hoff gêm i, fel y galli di ddychymygu!

- Chwarae'r gêm enwau pobl enwog (Al Capone –> Carwyn Jones –> Justin Bieber, ayyb). Mae Dad dipyn gwell na fi yn y gêm ac yn fy nghuro i'n rhacs bob tro – dwi mor araf wrth feddwl am bobl! Er, dwi'n siŵr ei fod e'n twyllo, cofia, ac yn dyfeisio enwau hollol ddychmygol gan honni eu bod nhw'n wleidyddion neu'n actorion neu'n chwaraewyr criced enwog o'r 1970au. Sut ddyliwn i wybod yn wahanol?!

- Chwarae 'Beth yn y Byd?' – ein fersiwn ni o'r gêm Saesneg 'Animal, Vegetable, Mineral'. (Ydyn, r'yn ni'n chwarae tipyn o gêmau, Lleu, ond o leiaf mae'r daith undonog yn mynd yn dipyn cynt wedyn.)
- Canu nerth esgyrn ein pennau i gyfeiliant CD 'Goreuon Pop'. Diolch byth nad oes neb yn gallu ein clywed ni!
- Stopio yn un o'r Gwasanaethau ar y draffordd er mwyn prynu llond basged o sothach i'w fwyta. Byddai Mam yn cael ffit biws pe bai hi'n gweld yr holl losin, creision a bisgedi!
- Bob hyn a hyn bydda i'n pendwmpian, ond dwi'n trio 'ngorau i beidio, er gwaetha'r blinder, er mwyn cadw cwmni i Dad. Weithiau, byddwn ni jyst yn siarad am bopeth dan haul – unrhyw beth, dim ond er mwyn i'r siwrnai fynd yn gynt. Wel, na, ddim popeth chwaith, ar ôl meddwl. Dydyn ni byth yn siarad am ddiwrnod dy ddamwain di – ddim byth. Does yr un o'r ddau ohonon ni eisiau meddwl rhyw lawer am hynny.

Wela i di nos Wener nesaf, Lleu. Cymer ofal, a mwynha dy wythnos xx

Syllu a syllu ar y llun yn ei law.

Arholiad piano? Distinction?

Trio... trio meddwl, trio cofio. Trio 'ngore...

Syllu a syllu.

Crys a siwmper, sgidie glân. Copi yn fy llaw.

Meddwl a meddwl a meddwl...

Na, dim byd.

Wedi blino. Wedi blino'n lân. Pen yn troi. Pen yn dost.

Methu.

Methu gweld yn iawn.

Methu cofio.

Sori.

Sori, Dad.

*

Diwrnod Nadolig? Coeden anferth? Gliniadur a set arlunio?

Trio... trio meddwl, trio cofio. Trio 'ngore...

"A weli di'r goeden anferth 'na? Chi'ch dau fuodd wrthi'n ei haddurno hi. Sôn am fês...!"

Meddwl a meddwl.

Meddwl a meddwl a meddwl...

Canghennau'r goeden yn finiog, yn cosi, yn pigo... Arogl twrci'n coginio yn y gegin...

Papur lapio dros y llawr i gyd...

"Lleu, Cain, cliriwch y mès 'ma, neu fydd dim cinio i chi...!"

Dad yn grac!

Diwrnod Nadolig.
Cofio…?

★

Eurodisney? Saith oed?
Meddwl a meddwl…
"Fe wnest ti lefen a llefen drwy'r pnawn, Lleu, gan fod dy hufen iâ di wedi toddi dros dy ddwylo di i gyd cyn i ti gael cyfle i'w fwyta fe…!"
Hufen iâ? Toddi? Dwylo?
Meddwl a meddwl a meddwl…
Diwrnod poeth, poeth, poeth. Hufen iâ, blas… siocled? Yn diferu'n oer fel rhaeadr, lawr dros 'y nhrywsus newydd i. Llefen a llefen – ofn cael stŵr gan Mam…
Mickey Mouse a Minnie a Pluto. Ciwio am oriau i fynd ar y reids…
Eurodisney. Saith oed.
Cofio…!

★

Pen yn dost, pen yn troi. Methu meddwl mwy. Methu cofio mwy. Wedi blino. Wedi blino'n lân. Isie cysgu. Pen yn troi…
Sori, Dad.
Sori.

Dydd Sadwrn, Ebrill yr 11eg

Wel, Lleu, mae'n ddydd Sadwrn eto, ac yn bryd rhoi'r hanes diweddaraf am dy wythnos di a fy wythnos i. Rwyt ti wedi cael amser llwyddiannus iawn, yn amlwg, achos fe sylwodd Dad a fi ar dipyn o newid ynot ti pan gyrhaeddon ni'r ysbyty neithiwr. Fedra i ddim peidio ag edrych am arwyddion – hyd yn oed y pethau lleiaf – o ddatblygiad ynddot ti o un penwythnos i'r llall, ac mae sawl peth bach arwyddocaol wedi digwydd ers i fi dy weld di nos Sul. Heblaw am yr adegau pan fyddi di'n cysgu (rwyt ti'n dal i flino'n hawdd o hyd), prin dy fod ti'n gorwedd ar dy hyd yn y gwely mwyach. Rwyt ti'n mwynhau eistedd yn gwneud jig-sos neu bosau syml yn y gadair freichiau, neu fynd o gwmpas yr uned yn y gadair olwyn. Mae'r plastar wedi'i dynnu oddi ar dy goes di erbyn hyn, ac rwyt ti hyd yn oed wedi dechrau sesiynau gyda'r ffisiotherapydd er mwyn dy helpu di i sefyll ac adfer dy gydbwysedd, er dy fod yn teimlo'n benysgafn yn aml wrth wneud. Fe fydd hi'n dipyn o amser eto cyn i ti allu cerdded yn annibynnol, heb help ffrâm gerdded, ac mae 'na waith caled – a sawl sesiwn therapi – o dy flaen di cyn hynny.

Dwi'n sylwi bod dy leferydd di wedi gwella yn ystod yr wythnos, hefyd, ac erbyn hyn rwyt ti'n rhoi brawddegau mwy ystyrlon – yn Gymraeg a Saesneg – at ei gilydd.

"Dwi'n hoffi coffi!" meddet ti wrtha i neithiwr (un o'r brawddegau mae Erin wedi'i dysgu i ti, heb os. Ocê, dwi ddim yn siŵr pa mor ystyrlon yw honna, ond mae'n ddechrau!).

Mae dy gydsymud a dy allu di i afael mewn gwrthrychau wedi datblygu hefyd. Bore 'ma, dyma ti'n cydio mewn crib ac yn brwsio dy wallt am y tro cyntaf ers y ddamwain (gydag ychydig bach o help gan Erin). Pethau bach yw'r rhain i gyd, Lleu – ond pethau pwysig.

Ond mae 'na un peth rwyt ti wedi'i wneud yr wythnos hon sy'n fwy anhygoel na'r holl bethau hyn i gyd gyda'i gilydd. Mae 'na stafell yn llawn teganau ac adnoddau yn yr Uned Niwroleg, ac mae Joe a tithau wrth eich boddau'n treulio amser yno, rhwng y sesiynau therapi (wyt, rwyt ti a Joe yn dipyn o fêts erbyn hyn!). Yng nghornel y stafell mae 'na biano mawr sy'n cael ei ddefnyddio'n bennaf ar gyfer sesiynau therapi cerddoriaeth. Wel, nos Fawrth oedd hi, ac roeddwn i gartre'n gwneud fy ngwaith cartref Maths (ych a fi!) o flaen y teledu, pan ddaeth Dad mewn, yn ecseited bost, a phasio'r ffôn i fi. Mam oedd 'na, ac roedd hi wedi'i chyffroi yn fwy na Dad hyd yn oed!

"Cain, cariad – wnei di byth ddyfalu beth wnaeth Lleu pnawn 'ma!" meddai hi.

Roedd hi'n cael trafferth anadlu'n iawn, heb sôn am siarad!

Wel, i dorri stori hir yn fyr, roedd Mam a Dr Sarah ac Erin wrthi'n trafod ar y coridor yn dilyn un o dy sesiynau ffisiotherapi di pan glywon nhw sŵn miwsig yn dod o gyfeiriad y stafell adnoddau (roeddet ti newydd dreulio'r sesiwn o flaen y piano yn gwneud ymarferion syml er mwyn gwella ystwythder dy fysedd di). Pan aethon nhw i ymchwilio, pwy oedd yn eistedd yn gyfforddus braf ar ei ben ei hun yn ei gadair olwyn wrth y piano, â'i lygaid ar gau a'i law dde'n symud 'nôl ac ymlaen ar hyd y nodau, ond ti! Chwarae *scale* oeddet ti, o'r hyn dwi'n ei ddeall, nid rhyw ddarn cerddorol hynod gymhleth – ond eto, sut yn y byd...?!

"Fedrwn i ddim coelio fy llyged na 'nghlustie!" meddai Mam wrth adrodd yr hanes y noson honno. "Ro'dd y peth yn anghredadwy!"

O drafod â'r arbenigwyr wedyn, ac o ddarllen y pamffledi a chywain rhagor o wybodaeth o'r we, r'yn ni wedi dod i ddeall bod modd i bobl ag anaf i'r ymennydd fel ti (ABI – ti'n cofio'r term, Lleu?) ailgydio mewn sgiliau oedd gyda nhw cyn iddyn nhw gael yr anaf, heb hyd yn oed gofio na sylweddoli bod y sgìl ganddyn nhw yn y lle cyntaf. Fe ategodd Dr Sarah hyn hefyd:

"Sometimes," meddai hi, "people with memory impairments can learn new skills without any conscious recollection of having carried out the task before. It's not impossible..."

Tybed oedd y llun ddangosodd Dad i ti yr wythnos diwethaf – y llun ohonot ti ar fore'r arholiad piano – yn rhyw fath o sbardun i atgyfodi'r sgìl oedd gen ti cyn y ddamwain?

Rwyt ti wedi bod wrthi'n chwarae pethau syml iawn ar y piano rhyw ben bob dydd ers hynny, a staff y ward yn dod i mewn i dy wylio di, yn gynulleidfa werthfawrogol. Mae Mam a'r doctoriaid yn meddwl bod chwarae'r piano yn rhyw fath o therapi i ti – yn ddihangfa ac yn fodd o gau'r cyfan mas.

Mae newyddion pwysig arall gyda fi i ti hefyd, Lleu, am rywbeth ddigwyddodd gartref yn ystod yr wythnos. Ddydd Mercher, fe ddaeth dau heddwas i'r ysgol i siarad â ni yn y gwasanaeth am ddiogelwch y ffordd fawr ac, yn fwy penodol, am bwysigrwydd cadw'n saff ar gefn beic. Roedd Mrs Puw a Miss Llywelyn wedi cael gair tawel gyda fi o flaen llaw, ac wedi rhoi'r opsiwn i fi beidio â mynd i'r gwasanaeth os nad oeddwn i eisiau. Roedden nhw'n poeni y byddai'r cyfan yn fy ypsetio i ac yn ailagor hen glwyfau. Ond roeddwn i am glywed yr hyn oedd gan yr heddlu i'w ddweud, ac am wneud yn siŵr fod pawb arall yn clywed ac yn deall eu neges nhw hefyd. Wedi'r cyfan, fyddwn i byth bythoedd eisiau i'r hyn ddigwyddodd i ti ddigwydd i unrhyw un arall – ddim hyd yn oed i 'ngelyn pennaf i, Lleu!

Ar ôl i'r ddau heddwas siarad â'r ysgol gyfan, dyma nhw'n gofyn am gael gweld plant Blwyddyn 5 a 6 ar wahân, er mwyn sôn yn benodol am yr hyn ddigwyddodd i ti ar fore Calan, ac er mwyn gweld oedd gan unrhyw un wybodaeth a allai fod o werth iddyn nhw. Fe wnaethon nhw rywbeth tebyg ym mis Ionawr, pan oeddwn i yn yr ysbyty gyda ti, ond mae 'na dri mis a mwy ers hynny, a dyw'r heddlu ddim agosach at ddal y sawl oedd yn gyfrifol am dy daro di.

"Meddyliwch yn ofalus iawn," cychwynnodd un o'r plismyn. "Ydych chi'n gwbod rhywbeth – unrhyw beth – allai ein helpu ni i ddod o hyd i'r person wnaeth hyn i Lleu? Oeddech chi allan yn y pentre ar fore Calan, tua naw o'r gloch? Ydych chi'n nabod rhywun arall oedd allan yn y pentre? Welsoch chi neu glywsoch chi unrhyw beth amheus? Peidiwch â bod yn swil – gallai'r manylyn lleia fod o ddefnydd mawr i ni, chi byth yn gwbod..."

Heblaw am Huw o Flwyddyn 5, oedd yn "meddwl" iddo weld beic modur (neu lori, neu falle gar) yn rasio trwy'r pentre ("Ond dwi ddim yn siŵr faint o'r gloch, nac ar ba ddyddiad yn union..."), chododd neb mo'u llaw. Roedd pawb yn edrych yn ddifrifol ac yn bryderus iawn, gan gynnwys Mrs Puw, Miss Llywelyn a'r ddau heddwas. Roeddwn i'n eistedd ar bwys Tommy a Gethin ac Efan, ac fe sylwais i taw'r cyfan wnaeth Tommy tra bo'r heddlu'n siarad oedd syllu ar y llawr. Druan â Tommy – mae e'n ei chael hi'n anodd iawn dygymod â'r hyn sydd wedi digwydd i ti. Welais i mohono fe ar ôl dydd Mercher – fe fuodd e gartre'n sâl am ddau ddiwrnod. Mae e'n colli tipyn o ysgol y dyddiau yma.

Ar yr un diwrnod – dydd Mercher – roedd dy lun di ar flaen y *Journal* unwaith eto. Roedden nhw'n cyhoeddi bod yr heddlu bellach yn cynnig gwobr o £2,000 (ie, £2,000!) i unrhyw un a allai roi gwybodaeth benodol iddyn nhw am yr hyn ddigwyddodd i ti fore Calan. Nawr fod tri mis a mwy ers y ddamwain, maen nhw'n sylweddoli y bydd hi'n mynd yn anoddach dal y sawl oedd yn gyfrifol am dy daro di, yn enwedig gan nad oes neb lleol fel pe baen nhw'n gwybod unrhyw beth. Ond mae rhywun yn rhywle'n gwybod, Lleu – mae'n rhaid. Ble yn y byd maen nhw?!

Mae Kelly, chwaer Joe, newydd gnocio ar ddrws dy

stafell di a holi a hoffwn i fynd am dro gyda hi lawr i ardd yr ysbyty am ryw hanner awr. Fues i'n siarad yn hir gyda hi bore 'ma yn y lolfa – mae hi'n hyfryd, Lleu, a dwi'n teimlo'n bod ni'n ffrindiau da yn barod. Dwi'n meddwl taw hi yw'r ffrind go iawn cyntaf i fi ei wneud erioed (heblaw amdanat ti, wrth gwrs, ond dyw hynny ddim wir yn cyfri!). Gan ei bod hi'n amser cinio, dwi am fynd gyda Kelly er mwyn rhoi llonydd i ti fwyta. R'yn ni'n dwy am fynd â'n llyfrau braslunio lawr i'r ardd gyda ni. Pan ddof i 'nôl, dwi'n edrych ymlaen at dy guro di'n rhacs wrth wneud un o'r jig-sos yn y stafell adnoddau (er, ddyliwn i ddim dweud pethau fel'na, gan dy fod ti'n well na fi yn barod, bron!). A dwi'n edrych ymlaen at glywed cyngerdd gan y chwaraewr piano o fri yn nes ymlaen hefyd...!

O, ond cyn i fi fynd, dyma ambell ffaith ddiddorol arall amdanat ti:

- Mae dy chwant bwyd di wedi dychwelyd yn llwyr ar ôl y ddamwain (sy'n fy rhyfeddu i, o ystyried safon y bwyd yn yr ysbyty!). Er, bwyd reit feddal rwyt ti'n ei fwyta o hyd. Dy hoff bryd di, ar hyn o bryd, yw pastai caws a thatws, a ffa pob (a lot fawr o sôs coch!).

- Erbyn hyn, ar ôl sawl sesiwn therapi iaith a lleferydd ddwys, rwyt ti'n gallu cyfri i ddeg yn Gymraeg ac yn Saesneg, ac yn mwynhau dangos hyn i bawb hefyd (dwi heb ofyn i ti gyfri am yn ôl eto, cofia!).

- Rwyt ti'n gallu adrodd dyddiau'r wythnos yn Gymraeg ac yn Saesneg (ac mae Erin wedi dysgu cân arbennig i ti er mwyn dy helpu di i gofio'r drefn).

- Er gwaetha'r holl ddatblygiadau hyn, rwyt ti'n dal i'w chael hi'n anodd canolbwyntio, ac yn mynd yn rhwystredig am y pethau lleiaf. Mae dy hwyliau di'n amrywio tipyn o un diwrnod i'r llall hefyd, ac rwyt ti'n cael rhai dyddiau gwell na'i gilydd. Ond, ar y cyfan, rwyt ti'n gwneud yn grêt, Lleu, a dwi ddim yn meddwl y gallai Mam na Dad na finnau fod yn fwy balch o'r ffordd rwyt ti'n ymroi'n llwyr i'r sesiynau therapi, nac o'r datblygiad ynot ti ers i ti gyrraedd yr Uned Niwroleg.

Hwyl am y tro 'te, Lleu. Wela i di wedyn xx

Llaw yn symud, 'nôl a mlaen, 'nôl a mlaen.

Gwasgu'r nodau, un ar y tro.

Llyfn, llyfn.

Meddal, meddal.

Bysedd prysur, 'nôl a mlaen, 'nôl a mlaen.

Cau fy llyged.

Gwrando'n astud.

Bysedd prysur, 'nôl a mlaen, 'nôl a mlaen.

Sŵn hyfryd, sŵn persain. Pobman yn dawel, yn llonydd.

Mor dawel…

Trio meddwl, trio cofio…

Bore'r arholiad piano.

Crys a siwmper, sgidie glân. Copi yn fy llaw.

Trio cofio, trio 'ngore…

Agor fy llyged. Sŵn clapio.

"Da iawn, Lleu! Anhygoel, Lleu!"

Mam. Erin.

Gwenu.

Teimlo'n hapus.

Teimlo'n rhydd.

Dydd Sadwrn, Ebrill y 18fed

Wel, mae wythnos wedi mynd ers i fi sgrifennu ddiwethaf, Lleu – alli di goelio hynny?! Unwaith eto, dwi wedi gweld tipyn o newid a datblygiad ynddot ti – dwi'n teimlo fel pe bawn i'n dod i adnabod Lleu newydd sbon bob tro dwi'n cyrraedd yr ysbyty ar nos Wener!

Y peth mwyaf, yn gorfforol, yw nad wyt ti'n dibynnu hanner cymaint ag oeddet ti ar y gadair olwyn, ac rwyt ti wedi dechrau cymryd camau sigledig gyda help ffrâm gerdded (er, rwyt ti'n araf fel malwoden ar hyn o bryd, cofia, Lleu – *dwi* hyd yn oed yn gynt na ti!). Rwyt ti wedi cael digon ar y jig-sos ac wedi dechrau chwarae gêmau bwrdd syml eraill fel Guess Who?, a gêmau cardiau. R'yn ni'n dau'n mwynhau chwarae 'Dwi'n gweld gyda'n llygad bach i...' hefyd, er taw nifer reit gyfyngedig o bethau y gallwn ni eu gweld fan hyn yn dy stafell di, ac mae'r gêm yn gallu mynd yn ddiflas ar ôl ychydig. Ond mae'r cyfan yn help i ddatblygu dy eirfa di – dyna sy'n bwysig.

"Dwi'n gweld gyda'n llygad bach i rywbeth yn dechre gyda G..."

"Gwely?!"

"Ie, da iawn, Lleu, gwely! Ti nesa..."

Wrth i fi sgrifennu, dwi'n eistedd yng ngardd yr ysbyty yn gwrando arnat ti a Dad yn chwarae gêm o Snap.

"Lleu, paid twyllo!" dwi'n clywed Dad yn bytheirio bob hyn a hyn, ac yna daw sŵn chwerthin mawr.

Dwi ddim yn cofio'r tro diwethaf i fi dy glywed di – na Dad – yn chwerthin fel'na.

Erin awgrymodd ein bod ni'n dod â ti lawr 'ma, gan ei bod hi'n ddiwrnod braf a gan nad yw'r gwynt yn rhy fain, ac fe gytunodd Dr Sarah. Cael dy wthio mewn cadair olwyn ac yna dod lawr yn y lifft wnest ti. Dwi ddim yn meddwl dy fod ti cweit yn barod i daclo holl risiau'r ysbyty eto, Lleu, er dy fod ti wedi dechrau cerdded, gan bwyll bach, gyda'r ffrâm. Byddai hynny braidd yn greulon, ti'm yn meddwl?! Wrth i ni gamu allan trwy ddrws cefn yr ysbyty, dyma fi'n sylweddoli taw dyma'r tro cyntaf i ti fod allan yn yr awyr iach ers diwrnod y ddamwain. Bron i bedwar mis, Lleu – alli di goelio hynny? Pedwar mis o beidio â gadael adeilad yr ysbyty. Pedwar mis o beidio â gweld yr haul. Does dim rhyfedd fod Dad yn edrych mor browd wrth dy wthio di lawr 'ma!

Fe ddaeth Mam lawr gyda ni hefyd (fydde hi ddim wedi colli'r foment honno am y byd i gyd!), ac eistedd gyda ni am ychydig. Mae hi wedi mynd i orffwys yn fflat yr ysbyty nawr – dwi'n meddwl weithiau fod yr holl sesiynau therapi yn ei blino hi yn fwy na ti!

Dwi'n hoff iawn o'r ardd 'ma, Lleu – mae hi'n llawn blodau ac mae 'na deimlad heddychlon yma. Dwi wedi bod am dro lawr 'ma sawl gwaith dros yr wythnosau a'r misoedd diwethaf, gan fwynhau tawelwch a llonyddwch byd natur, gyda Mam a Dad – a Kelly.

Dyw Kelly ddim yma heddiw, yn anffodus. Roedd hi'n mynd i ffwrdd am benwythnos gyda un o'i ffrindiau ysgol, dwi'n meddwl, felly dim ond rhieni Joe sydd wedi dod i'w weld e. Dwi'n gweld ei heisiau hi, Lleu! Dwi'n edrych ymlaen i'w gweld hi wythnos nesa'n barod, er mwyn clywed hanes ei phenwythnos hi.

Beth bynnag, 'nôl at y pwynt – gerddi...

Mae gardd hyfryd gyda ni yn ein tŷ ni hefyd, Lleu. Mae Dad wedi treulio oriau ar hyd y blynyddoedd yn trin y lawntiau ac yn plannu blodau a phlanhigion, ac mae patshyn llysiau bach gyda fe hefyd. Ac rwyt ti a fi wedi treulio oriau yno – yn dringo coed a chwarae cuddio, yn taflu pêl i Cadi ac yn cynnig help llaw i Dad gyda'r garddio o bryd i'w gilydd.

Dyw e ddim yn cael llawer o gyfle i dendio'r ardd y gwanwyn yma, ond mae rhai o'r cymdogion wedi bod wrthi'n helpu'n ddiwyd, chwarae teg iddyn nhw. Mae'n braf byw mewn pentre clòs, Lleu, lle mae pawb yn adnabod pawb ac yn barod i gynnig help llaw pan fo angen. (Y bobl drws nesaf sy'n bwydo Cadi ac yn mynd â hi am dro ar y penwythnosau pan fyddwn ni fan hyn.) Llwyncelyn yw enw'n pentre ni, gyda llaw – dwi ddim yn siŵr ydw i wedi sôn cyn hyn? Pentre gwledig, rhyw wyth milltir o'r dre agosaf, Llanfair, yw e, a rhyw dair milltir o'r arfordir. Mae 'na ysgol gynradd, garej, siop, capel, eglwys, cae pêl-droed a pharc chwarae, a sawl ystad o dai, ac mae afon yn llifo trwy'r canol ar ei thaith o'r mynydd uwchlaw (mae e'n bentre sydd rhwng y môr a'r mynydd, yn llythrennol). Mae'n tŷ ni – Afallon – tua hanner milltir y tu allan i'r pentre. A dweud y gwir, byddai hi'n haws o lawer i fi dynnu llun map o ardal Llwyncelyn i ti, yn hytrach na cheisio esbonio (falle y daw e'n ddefnyddiol i ti, ryw ddiwrnod, pan ddoi di gartref...).

Weli di'r groesffordd ar ben y rhiw, sy'n arwain i gyfeiriad y dre? Dyna lle digwyddodd dy ddamwain di (dwi wedi nodi hynny â llun wyneb trist ar y map). Bydda i'n teimlo ias i lawr fy asgwrn cefn bob tro dwi'n pasio heibio'r fan honno ar y ffordd adre o'r dre.

Mae tua 800 o bobl yn byw yn y pentre a'r ardal gyfagos. Wedi meddwl, er i fi ddweud bod Llwyncelyn yn bentre clòs, a phawb yn adnabod pawb, dwi ddim yn siŵr a yw hynny'n hollol wir erbyn hyn, mewn gwirionedd. Mae tipyn o bobl ddieithr wedi symud i'r ardal dros y blynyddoedd diwethaf, fel mewn sawl ardal wledig arall. Pobl fel teulu Tommy Ellis.

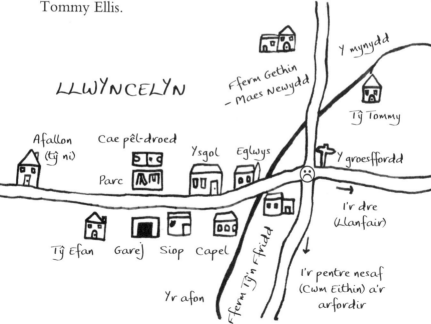

"Cain... Cain!"

Nawr dwi'n sylwi bod Dad wedi bod yn galw fy enw i ers tro. Roeddwn i'n bell i ffwrdd! R'ych chi wedi rhoi'r gorau i chwarae cardiau erbyn hyn, ac mae Dad wrthi'n edrych trwy rai o'r lluniau yn yr albwm gyda ti.

"Pryd o'dd hyn, Cain, ti'n cofio? Haf llynedd?"

Llun ohonon ni yng ngardd Afallon sydd gyda fe, yn digwydd bod. Ie, haf llynedd. Ti a fi, a Cadi, yn wlyb diferu ar ôl i Dad ein gwlychu ni gyda'r beipen ddŵr. Mae'n anodd coelio bod llai na blwyddyn ers hynny. Mae'r cyfan yn teimlo fel ei fod ganrifoedd yn ôl.

Rwyt ti'n chwerthin lond dy fol wrth i Dad esbonio'r hyn sy'n digwydd yn y llun. Ai am dy fod ti'n gweld y peth yn ddoniol? Neu... Tybed?

"Cadi," meddet ti'n sydyn. "Cadi'n wlyb diferu! Yn llyfu'n llaw i! Porfa newydd ei dorri..."

Mae Dad a finnau'n edrych ar ein gilydd mewn syndod, ac yn gwenu. Dwi'n siŵr 'mod i'n gweld deigryn yng nghornel llygad Dad. Mae'r un peth yn union yn mynd trwy ein meddyliau ni'n dau. Dyma drobwynt pwysig arall. Rwyt ti wedi cofio, wedi COFIO. Hoffwn i fedru trysori'r foment hon am byth...

Mae'n bryd i ni fynd â ti 'nôl i'r ward, Lleu, gan fod angen i ti wneud rhai o dy ymarferion ffisiotherapi cyn swper. Mae Dad am fynd i gael gair â Dr Sarah am dy ymateb di i'r llun o Cadi hefyd. Dwi am helpu Mam i barhau i roi trefn ar dy gardiau a dy lythyron di – byddwn ni wrthi am oriau!

Oeddet ti'n gwybod, Lleu...?

- Erbyn hyn, rwyt ti wedi derbyn dros 1,200 o lythyron a chardiau yn dymuno'n dda i ti (a dwi wedi bod yn brysur yn trio rhoi trefn ar y 1,200!).

- Mae'r llythyr pellaf rwyt ti wedi'i dderbyn wedi dod yr holl ffordd o Melbourne, Awstralia, gan ddynes o'r enw Margaret Jenkins a gafodd ei geni yn Llwyncelyn ac a oedd yn ffrindiau gyda Mam-gu yn yr ysgol gynradd. Meddylia, Lleu – roedd hi wedi clywed am dy hanes di yn Awstralia! Fe gest ti gardiau gan dy ffrindiau llythyru di hefyd – Juan o Sbaen a Marco o'r Eidal – ar ôl i Miss Llywelyn ebostio'u hathrawon yn esbonio'r hyn ddigwyddodd i ti.

- Y person enwocaf i anfon cerdyn atat ti yw Gareth Bale, chwaraewr pêl-droed Cymru a Real Madrid! Mae Dad wedi fframio'r cerdyn ac mae e'n cael ei arddangos ar y bwrdd bach wrth dy wely di fan hyn.

- Mae'r apêl i godi arian wedi codi bron i £10,000 erbyn hyn. Waw, Lleu – dychmyga! Mae hynna'n lot fawr o gêmau newydd i'r Xbox, neu dripiau i weld Lerpwl yn chwarae, neu botiau o hufen iâ blas siocled... Na, dwi ddim o ddifri, Lleu. Bydd yr arian yn cael ei wario ar addasu'r tŷ ar dy gyfer di, os bydd angen, a phrynu adnoddau i dy helpu di. Ond mae'n braf breuddwydio, cofia...!

Tan y tro nesaf.

Hwyl am y tro 'te, Lleu xx

Melbourne

Syllu a syllu ar y llun.

Trio… trio meddwl, trio cofio. Trio 'ngore…

"Drycha, r'ych chi'n wlyb diferu, Lleu – yng ngardd Afallon, ein tŷ ni. Ti a Cain a Cadi'r ci."

Syllu a syllu. Meddwl a meddwl.

"Pryd o'dd hyn, Cain, ti'n cofio? Haf llynedd?"

Haf llynedd?

Meddwl a meddwl. Cau'n llyged yn dynn, dynn.

Trio 'ngore…

Dŵr oer, oer yn diferu.

Cadi'n llyfu'n llaw i, yn neidio arna i, yn ddwl bared!

Arogl porfa ffres, newydd ei dorri.

Arogl yr haf…

Meddwl a meddwl.

Trio a thrio…

Cadi… ei chôt hi'n feddal fel sidan.

Cadi… fy ffrind gore i.

Agor fy llyged.

"Cadi… Cadi'n wlyb diferu! Yn llyfu'n llaw i! Porfa newydd ei dorri…"

Cofio…?

Cofio…!

Cofio Cadi!

Cofio.

Dydd Sul, Ebrill y 26ain

Am benwythnos prysur! Does dim llawer o amser i sgrifennu yn hwn cyn i Dad a fi orfod gadael am adre, mae arna i ofn, Lleu, a dwi ddim wedi cael cyfle i sgrifennu ynddo fe ers cyrraedd nos Wener chwaith. Mae hi wedi bod fel ffair 'ma! Amser cinio heddiw fe gest ti dy ymwelwyr swyddogol cyntaf ers i ti gyrraedd yr ysbyty ym mis Ionawr (heblaw am Mam a Dad a fi, ond dwi ddim yn meddwl ein bod ni'n cyfri erbyn hyn!). Er bod llwyth o bobl yn holi amdanat ti ac wedi dweud y bydden nhw'n hoffi dod i dy weld di, doedd Mam a Dad a'r doctoriaid ddim yn teimlo dy fod ti'n barod am ymwelwyr cyn hyn, gan fod perygl y gallai gormod o wynebau newydd dy ddrysu di. Roedden nhw hefyd am ganolbwyntio'n llwyr ar dy adferiad di.

Ond, gan dy fod ti wedi bod yn gwneud cystal dros yr wythnosau diwethaf, a gan fod yna arwyddion pendant dy fod ti'n dechrau cofio pytiau bach o dy fywyd cyn y ddamwain, fe gytunodd y doctoriaid. Byddai'n syniad da i ti gael ymweliad gan aelodau o'r teulu neu ffrindiau agos, medden nhw, yn y gobaith y gallai hynny sbarduno ambell atgof pellach. Felly, fe drefnodd Mam fod Anti Caryl, Wncwl Dewi, Math a Sioned yn dod lan o Gaerdydd.

Fe gawson ni brynhawn hyfryd gyda nhw, Lleu. Roedd Mam a Dad a finnau wedi bod yn dy baratoi di ar gyfer eu hymweliad nhw drwy'r dydd ddoe, gan ddangos llwyth o hen luniau ohonyn nhw i ti, ac esbonio dro ar ôl tro pwy oedden nhw. Dwi'n meddwl bod Anti Caryl ac Wncwl Dewi wedi paratoi Math a

Sioned yn ofalus, hefyd – wedi'r cyfan, doedden nhw heb dy weld di ers y Nadolig, jyst cyn y ddamwain, ac rwyt ti'n berson gwahanol iawn erbyn hyn. Roeddech chi'n swil iawn o'ch gilydd ar y dechrau (a finnau hefyd, braidd!), ond o fewn dim o dro roedden ni'n pedwar yn cael hwyl – yn gwrando arnat ti'n chwarae'r *scales* ar y piano ac yn gwylio DVD o un o'r ffilmiau Harry Potter. Na, doeddet ti ddim yn cofio'r sgript ar dy gof y tro hwn, Lleu. A dweud y gwir, dwi'n amau oedd gyda ti lawer o gof o weld y ffilm o'r blaen, hyd yn oed. Buon ni'n chwarae cardiau a gêmau bwrdd am dipyn wedyn, ac est ti ddim hanner mor rhwystredig ag arfer. Oedd, roedd heddiw'n ddiwrnod da, Lleu.

Roedd Math wrth ei fodd yn dy wthio di o gwmpas yn y gadair olwyn – a tithau wrth dy fodd yn codi llaw ar bawb fel brenin! Roedd hi'n braf i Mam a Dad gael cwmni Anti Caryl ac Wncwl Dewi hefyd.

Cyn iddyn nhw adael, dyma nhw'n rhoi anrheg i ti – camera digidol – "er mwyn cofnodi atgofion newydd sbon," meddai Anti Caryl yn dawel wrth Mam, ond yn ddigon uchel i fi glywed. Syniad gwych. Fe roddodd Sioned anrheg arbennig i ti, hefyd – llun roedd hi wedi'i wneud ohonot ti a fi a Math a hi, a Cadi hefyd, a'r haul yn gwenu'n braf yn y cefndir.

"Ni sydd yn y llun, Lleu, yn chwarae yn y parc wrth eich tŷ chi ar ddiwrnod braf o haf," fe esboniodd hi'n ofalus, er mwyn gwneud yn siŵr dy fod ti'n deall. Chwarae teg iddi.

Fe osodaist ti'r llun yn syth mewn lle anrhydeddus

ar y pinfwrdd wrth dy wely di, ar bwys y poster o arwyddlun Lerpwl a'r geiriau 'You'll Never Walk Alone'. Dwi wedi dy ddal di'n edrych arno, ac yn gwenu, sawl tro ers iddyn nhw adael.

Roedd hi'n rhyfedd o dawel 'ma ar ôl iddyn nhw fynd, Lleu. Dwi'n meddwl i'w hymweliad nhw wneud lles mawr i ni i gyd. Roedd hi mor braf i ni gael cyfle i anghofio am y sesiynau therapi a'r cyfarfodydd asesu a'r profion di-ri am ychydig oriau.

Roeddet ti wedi ymlâdd ar ôl iddyn nhw adael, cofia, ac fe gysgaist ti'n sownd am dros awr. Tra dy fod ti'n cysgu, fe aeth Dad a fi ati i astudio'r camera newydd, er mwyn gallu esbonio wrthot ti sut mae e'n gweithio (nid bod disgwyl i fi ei ddeall e'n fwy na ti, cofia!). Rwyt ti'n cael tipyn o drafferth gweithio teclynnau electronig ar hyn o bryd, ond roedd Anti Caryl yn sylweddoli hynny, felly dyw hwn ddim yn gamera rhy gymhleth, diolch i'r drefn. Ond bydd Mam neu Dad (neu fi?!) yma i dy helpu di os bydd angen.

O ie, bron i fi anghofio sôn... Ar ôl cinio ddoe, fe dreuliaist ti a fi a Joe a Kelly a'u rhieni gwpwl o oriau lawr yng ngardd yr ysbyty. Roedd hynny'n braf. Buodd Kelly'n dangos lluniau i fi o'i ffrindiau hi gartref, ac o'i hysgol hi. Mae hi wrth ei bodd yn yr ysgol uwchradd ac wedi gwneud llwyth o ffrindiau newydd yno, meddai hi, er ei bod hi'n teimlo'n nerfus iawn cyn cychwyn yno. Roedd hi'n dweud nad oedd gyda hithau, chwaith, lawer o ffrindiau agos yn yr ysgol gynradd, ond mae hi wedi cwrdd â mwy o bobl debyg iddi hi yn yr ysgol uwchradd. Wrth siarad â hi, fe drawodd fi'n sydyn y bydda i'n dechrau yn yr ysgol uwchradd ym mis Medi. Dyw hynny ond pedwar mis i ffwrdd erbyn hyn! Tybed beth fydd dy hanes di erbyn hynny, Lleu? Er ein bod ni wedi hen ddysgu nad oes pwynt meddwl yn rhy bell i'r dyfodol, mae'n anodd peidio weithiau. Ond, cymryd pethau fel maen nhw'n dod, a chymryd un dydd – ac un cam – ar y tro. Dyna'r cyfan allwn ni wneud...

Rwyt ti newydd ddeffro, jyst ar ôl i Dad gyhoeddi y bydd yn rhaid i ni feddwl am adael cyn hir. A dwi newydd gofio na fydda i'n dy weld di am bythefnos gyfan nawr, Lleu. Mae 'na Ffair Calan Mai yn cael ei chynnal ar sgwâr y pentre ddydd Sadwrn nesaf, a bydd yr holl arian sy'n cael ei godi yn mynd tuag at dy apêl di. Roedd pawb wedi gobeithio y byddet ti'n ddigon da i ddod adre ar gyfer y diwrnod mawr, er mwyn iddyn nhw fedru gwneud ffys fawr ohonot ti. Ond mae'r doctoriaid yn bendant ei bod hi'n rhy gynnar i hynny. Felly, mae Dad a fi am aros gartref am y penwythnos, ac mae Mam yn sôn am ddod adre am y diwrnod hefyd, o bosib. Gawn ni weld. Mae'n dibynnu'n llwyr sut fyddi di erbyn hynny.

Fe gei di'r hanes i gyd ymhen pythefnos, beth bynnag, Lleu. Bydd hi'n rhyfedd iawn peidio â dy weld di am gymaint â hynny o amser – yr hiraf i ni fod ar wahân erioed!

O ie, bron i fi anghofio, dyma ambell beth rwyt ti wedi llwyddo i'w gyflawni yn dilyn y sesiynau therapi yr wythnos hon:

- Rwyt ti'n gallu adrodd yr wyddor Gymraeg a Saesneg i gyd ar dy gof.

- Rwyt ti'n gallu agor a chau botwm crys ar dy ben dy hun – dy amser cyflymaf di yw deuddeg eiliad. Do, dwi wedi dy amseru di sawl tro – rwyt ti wrth dy fodd yn rasio yn erbyn y cloc, er nad yw'r syniad o 'amser' yn golygu rhyw lawer i ti ar hyn o bryd.

- Gan dy fod ti bellach yn deall y system rifau ychydig yn well, mae'r doctoriaid yn dy annog di i ailddechrau gwneud posau Sudoku syml. Dwi hefyd wedi bod yn dy helpu di i ddysgu tabl 2 a 3 ar dy gof, ac rwyt ti'n dod, gan bwyll bach.

- Rwyt ti wedi dechrau darllen ac adnabod geiriau ysgrifenedig syml, er bod angen i'r print fod yn ddigon mawr. Mae deall ystyr yr hyn rwyt ti'n ei ddarllen yn broblem o hyd, cofia – dyna fydd y cam nesaf, yn ôl y therapydd iaith a lleferydd. Rwyt ti hefyd wedi dechrau sgrifennu geiriau syml mewn tywod, fel roedden ni'n arfer gwneud yn nosbarth Miss Evans slawer dydd. Cyn bo hir, gobeithio, byddi di'n gallu symud ymlaen at reoli pensil wrth sgrifennu.

- Un peth sydd wedi dod yn amlwg wrth i dy ddefnydd di o iaith ddatblygu yw dy fod yn cael trafferth mawr deall ystyron idiomau a dywediadau, yn y ddwy iaith. Mae'n rhaid i ni fod yn ofalus iawn wrth ddefnyddio ymadroddion fel 'rhoi'r ffidil yn y to' neu 'mynd dros ben llestri' wrth siarad â ti gan dy fod ti'n eu cymryd nhw'n llythrennol. Dwyt ti ddim yn deall taw ffordd o siarad ydyn nhw – rwyt ti wirioneddol yn meddwl bod rhywun wedi gosod ffidil lan yn uchel yn y to, neu wedi neidio dros ben pentwr o lestri brwnt! Fe atgoffodd hynny fi o'r posteri yn nosbarth Mrs Puw pan oedden ni ym Mlynyddoedd 3 a 4, ac mae Erin a fi wedi cael tipyn o sbort wrth greu cartwnau er mwyn dy helpu di i ddeall ystyr rhai o'r idiomau (neu'r hyn dydyn nhw ddim yn ei olygu, mewn gwirionedd!). Beth wyt ti'n feddwl o'r rhain, Lleu?!

Rhoi'r ffidil yn y to

Mynd dros ben llestri

Cael llond bol

Yn wên o glust i glust

Wela i di ymhen pythefnos, Lleu.
Tan hynny, cymer ofal xx

Math a Sioned.

Bachgen a merch.

Cefnder a chyfnither…

Llun gan Sioned. Llun pert, pert. Lliwio taclus, taclus.

"Ni sydd yn y llun, Lleu, yn chwarae yn y parc wrth eich tŷ chi."

Syllu a syllu.

Math a Sioned, Cain a fi.

Dau fachgen, dwy ferch.

A Cadi!

Yr haul yn gwenu, yr awyr yn las. Pawb yn hapus, hapus.

Trio… trio meddwl, trio cofio.

Cau'n llyged yn dynn, dynn.

Meddwl a meddwl…

Math a Sioned, Cain a fi, a Cadi.

Chware yn y parc wrth ein tŷ ni.

Trio cofio, trio 'ngore…

Diwrnod braf, yr haul yn gwenu, yr awyr yn las…

Meddwl a meddwl a meddwl…

"'Nei di wthio fi ar y siglen eto, Lleu? Plis? Pliiiis…"

Sioned yn chwerthin, yn sgrechian, yn hapus, hapus.

"Yn uwch, Lleu, yn uwch!"

Chwerthin, sgrechian, hapus, hapus.

Cain… Cain yn… poeni, Cain yn nerfus.

"Ddim yn rhy uchel, Lleu… Bydd yn ofalus…"

Cofio… cofio'r siglen, cofio'r parc, cofio'r haul yn gwenu a'r awyr yn las…

Cofio Math a Sioned a Cain a fi...
Cofio chwerthin.
Cofio teimlo'n hapus.
Cofio!

Dydd Sadwrn, Mai y 9fed

Alla i ddim coelio bod pythefnos ers i fi sgrifennu ddiwethaf, Lleu! Roeddwn i'n meddwl y byddai'r amser yn llusgo, ond mae cymaint wedi digwydd ers hynny, ac r'yn ni i gyd (gan gynnwys ti!) wedi bod yn hynod o brysur. Dyma gofnod bras o'r hyn rwyt ti wedi llwyddo i'w wneud yn y gwahanol sesiynau:

Ffisiotherapydd

- Dod yn llai dibynnol ar y gadair olwyn.
- Magu hyder ac ystwythder wrth gerdded gyda chymorth ffrâm.

Therapydd Iaith a Lleferydd

- Siarad yn fwy rhwydd, gan roi mwy o ystyr i'r hyn rwyt ti'n ei ddweud.

Niwroseicolegydd

- Datblygu dy sgiliau canolbwyntio.
- Datblygu dy ddealltwriaeth o'r byd a'r bobl o dy gwmpas.

Wyt, rwyt ti'n gwneud yn grêt, ond rwyt ti'n dal i gael dyddiau gwael o hyd, Lleu. Dyddiau pan wyt ti'n drysu ac yn blino'n hawdd, dyddiau pan wyt ti'n cael pennau tost ofnadwy, dyddiau pan wyt ti'n rhwystredig ac yn fyr dy amynedd ac yn cael dy ypsetio'n rhwydd. Dyddiau pan wyt ti'n cael trafferth cofio'r manylion symlaf am dy fywyd di nawr, heb sôn am cyn y ddamwain. Ond, am bob diwrnod gwael, mae 'na ddau neu dri o rai da. Dyna sy'n ein cadw ni i gyd yn bositif ar hyn o bryd.

Wel, fel soniais i, fe gawson ni Ffair Calan Mai yn y pentre ddydd Sadwrn diwethaf. Roedd e'n ddiwrnod gwych – yn ddiwrnod perffaith (heblaw am y ffaith nad oeddet ti'n gallu bod 'na). Fe benderfynodd Mam beidio â dod yn y diwedd hefyd, er y byddet ti wedi bod yn iawn hebddi fan hyn yn yr ysbyty am ddiwrnod. Ond, a bod yn onest, dwi ddim yn meddwl ei bod hi'n teimlo cweit yn barod i wynebu pawb yn y pentre – ddim mewn achlysur mor gyhoeddus, beth bynnag. Ddim eto.

Roedd y cae pêl-droed y tu ôl i sgwâr y pentre dan ei sang (idiom yw honna, ti'n cofio Lleu?) drwy'r dydd, ac yn fynting a baneri i gyd. Roedd llwyth o weithgareddau gwahanol wedi'u trefnu – cystadleuaeth gwisg ffansi, twba lwcus, gêmau i blant ac oedolion (roedd hynny'n lot o sbort!), rasys o bob math, stondinau gwerthu cacennau a chynnyrch cartref, raffl fawr... Ac uchafbwynt y diwrnod oedd ras hwyaid ar hyd yr afon. Roedd Mrs Puw wedi trefnu bod plant yr ysgol yn cael helpu ar y diwrnod, a'n gwaith ni ym Mlwyddyn 6 oedd creu gêmau potes ar gyfer y plant iau.

"Bydd angen i chi weithio mewn parau," esboniodd hi yn yr ysgol ar y dydd Iau cyn y ffair. "Ewch ati i feddwl am gêm dda nad yw'n rhy anodd na chymleth a heb ormod o offer. Eich cyfrifoldeb chi fydd casglu popeth ynghyd, a gosod y gêmau'n barod ar fore'r ffair."

Fe benderfynais i holi Tommy Ellis oedd e am weithio gyda fi er mwyn creu gêm. Gallwn weld bod Efan a Gethin am weithio gyda'i gilydd fel pâr, ac roeddwn i'n teimlo braidd dros Tommy (a doedd hi ddim fel pe bai ciw hir o bobl yn aros i gael gweithio gyda fi chwaith!). Dwi wedi dod i hoffi Tommy mwy a mwy yn ddiweddar, Lleu, ac r'yn ni'n cadw tipyn o gwmni i'n gilydd yn yr ysgol. Mae Miss Llywelyn wedi'n rhoi ni i eistedd ar bwys ein gilydd yn y dosbarth, ac weithiau bydd e'n gwrthod mynd i chwarae pêl-droed gyda'r bechgyn eraill jyst er mwyn cadw cwmni i fi amser chwarae. Dwi'n meddwl falle 'i fod e'n teimlo'n agos atat ti wrth fod yn ffrindiau gyda fi.

Beth bynnag, fe fuon ni'n paratoi ac yn cynllunio'n ofalus o flaen llaw, ac fe benderfynon ni taw gêm lle roedd angen taro bag ffa yn yr awyr gan ddefnyddio raced dennis a cherdded o amgylch côns ar yr un pryd (heb ollwng y bag ffa!) fyddai ein gêm ni. Syml! Ti'n gwybod pa mor wael ydw i am bethau fel'na, Lleu, ond roeddwn i'n meddwl y byddai'n hwyl gweld y plant bach yn rhoi tro arni! Tybed faint o sesiynau ffisiotherapi fyddai eu hangen arnat ti er mwyn gallu gwneud hynny? Falle y dyliwn i gynnig y syniad i'r ffisiotherapydd?!

Fe gasglodd Tommy a fi'r offer i gyd o sied ymarfer corff yr ysgol ar y dydd Gwener, ac fe gytunon ni taw fi fyddai'n mynd â phopeth gartref er mwyn mynd â nhw i'r ffair fore trannoeth. Fe wnaethon ni drefniant i gwrdd ar sgwâr y pentre am 10 o'r gloch y bore, ond er i fi a Dad aros yno am hanner awr a mwy, doedd dim sôn am Tommy. Fe feddyliais i falle 'i fod e'n hwyr am ryw reswm, felly fe es i ati i osod popeth yn barod ar gyfer y gêm, ond welais i mohono fe trwy'r dydd. Doedd dim ots, mewn gwirionedd, achos fe ddaeth cwpwl o'r merched – Nerys a Betsan – ac Efan a Gethin hefyd, i helpu gyda'r gêm yn eu tro, a doedd esbonio'r rheolau wrth griw o blant bach ddim wir yn waith anodd. Ond nid dyna'r pwynt! Pam na fyddai Tommy wedi rhoi gwybod nad oedd e'n gallu dod? A pham trefnu cwrdd â fi ar fore'r ffair os nad oedd e'n bwriadu bod yno? Doedd y cyfan ddim yn gwneud synnwyr – roeddwn i'n meddwl ein bod ni'n ffrindiau, ac roedd e mor awyddus i helpu y diwrnod cynt...

Doedd e ddim yn yr ysgol ddydd Llun na dydd Mawrth i fi allu gofyn iddo fe am y peth, ond pan ddaeth e 'nôl dydd Mercher fe ymddiheurodd e'n syth, gan ddweud ei fod e wedi brifo'i goes yn ddrwg wrth chwarae pêl-droed yn yr ardd nos Wener. Druan – roedd e mewn poen ac yn dal i hercian, o'r hyn roeddwn i'n gallu gweld, a dwi'n siŵr i fi sylwi ar dipyn o glais ar waelod ei goes e pan blygais i godi pensil o'r llawr yn y wers Maths. Roeddwn i'n teimlo braidd yn wael am fod yn flin gyda fe wedyn!

Beth bynnag, Lleu, roedd y Ffair Calan Mai yn llwyddiant mawr, ac fe godwyd... £3,000 tuag at yr apêl! Mae hynny'n wych! Fe dynnodd Dad sawl llun ar dy gamera digidol di, ac fe fuodd e wrthi'n dangos rhai ohonyn nhw i ti'r bore 'ma, gan esbonio'n ofalus pwy oedd i'w weld ym mhob llun. Roeddet ti wrth dy fodd yn clywed yr hanes, gan wrando'n astud ar Dad yn esbonio pwy oedd pwy ymhlith pobl y pentre.

"Dyma lun o Mr Morgan, y siop, wedi'i wisgo fel Sam Tân, a Gwydion ei ŵyr e fel Norman Preis! Ma Mr Morgan yn ddyn caredig iawn, Lleu – ro'dd e wastad yn rhoi rhywbeth bach am ddim i ti a Cain pan fyddech chi'n galw heibio'r siop...

"Dyma lun o Mrs Puw yn tynnu'r raffl. Xbox newydd sbon o'dd y wobr gynta, a Mrs Jones, Maes yr Awel enillodd. Dwi ddim yn siŵr iawn be fydd hi'n neud gydag Xbox, cofia!

"Dyma lun o rai o'r plant bach – Molly a Seren a Jac yw eu henwau nhw dwi'n meddwl, ie, Cain? Ro'n nhw wrth eu boddau'n cymryd rhan yn y ras wy a llwy...

"Dyma lun o Andrew sy'n byw drws nesa i ni – ma fe'n bymtheg oed ac yn yr ysgol uwchradd. Ma fe'n gafael yn yr hwyaden blastig a enillodd ras yr hwyaid. Drycha pa mor falch ma fe'n edrych, Lleu!"

Roeddet ti'n chwerthin a chwerthin wrth i Dad siarad. Ond tybed faint o synnwyr roedd y cyfan yn ei wneud i ti mewn gwirionedd?

Rhaid bod yr holl chwerthin wedi dy flino di'n lân, achos fe est ti i gysgu bron yn syth ar ôl i Dad roi'r camera i gadw, ac rwyt ti'n dal i gysgu o hyd.

Mae Mam newydd ddod i'r stafell, â golwg bryderus ar ei hwyneb. Aeth hi allan rhyw ddeng munud yn ôl, pan ganodd ei ffôn symudol hi.

"Rhys, ga i air?"

Mae hi'n amneidio ar Dad i fynd y tu allan i'r drws gyda hi. Maen nhw'n trio sibrwd yn dawel ond dwi'n clustfeinio orau galla i er mwyn clywed eu sgwrs nhw.

"Yr heddlu o'dd ar y ffôn, Rhys. Does neb wedi ymateb o gwbwl i'r cynnig o £2,000 am wybodaeth am y ddamwain, ar ôl yr holl wythnose... yr holl fisoedd! D'yn nhw ddim yn gwbod be i neud nesa... Ro'n nhw'n holi tybed a fydde hi'n bosib iddyn nhw ddod i siarad gyda Lleu cyn bo hir – cynnal rhyw fath o gyfweliad gyda fe, jyst i weld os gawn nhw rywbeth – *unrhyw beth* – wrtho fe. Ma fe fel pe bai e'n gallu cofio cyment mwy erbyn hyn..."

Dyw Dad ddim yn ymateb.

"Rhys... be ti'n feddwl? Dwed rywbeth... plis..."

"Dwi ddim yn siŵr, Alys... Beth os... beth os nag yw e'n barod? Beth os fydd y cyfan yn ormod iddo fe? Ma fe'n dal yn fregus, dal yn wan, dal yn ddryslyd... Galle hyn ei fwrw fe 'nôl yn ofnadw..."

"Wyt ti'n meddwl nad ydw i'n sylweddoli'r pethe hyn i gyd, Rhys? Wyt ti'n meddwl nad ydw i'n deall yn well na neb gyment galle siarad â'r heddlu effeithio ar Lleu?" Mae llais Mam yn codi. Mae hi'n swnio'n ddagreuol a blin. "Fi sy wedi bod 'ma, bob dydd, yn ei wylio fe'n diodde, yn ei wylio fe'n mynd trwy un sesiwn therapi ar ôl y llall, yn ei wylio fe'n cael dyddie da a dyddie gwael. Yn ei wylio fe'n *datblygu*, gan bwyll bach. Allwn i ddim diodde'i weld e'n gwaethygu eto, ti'n gwbod hynny..."

Dwi ddim yn meddwl imi glywed Mam a Dad yn siarad fel hyn â'i gilydd erioed – yn sicr ddim ers i ti fod yn yr ysbyty.

"Ond ma'r heddlu angen atebion, Rhys." Mae Mam yn swnio'n fwy pwyllog erbyn hyn. "R'yn ni i gyd angen atebion. Allwn ni ddim cario mlaen heb wbod ar ôl misoedd ar fisoedd o aros. Mae'n bosib taw Lleu yw'r unig un allith roi'r atebion i ni..."

Does dim ymateb gan Dad y tro hwn. Trwy gil y drws, dwi'n gweld y ddau'n syllu'n hir ar ei gilydd, heb ddweud gair. Yna, o'r diwedd, mae Dad yn estyn ei fraich am Mam ac yn ei chofleidio hi'n dynn. Ma'r ddau'n llefen yn dawel, allan ar y coridor, ym mreichiau'i gilydd, a does dim ots o gwbl os oes rhywun yn eu gweld nhw. Mae fel pe bai holl ofid a straen y misoedd diwethaf yn cael ei ryddhau o'r tu mewn iddyn nhw, yn araf bach. Maen nhw *angen* hyn.

"Reit," medd Dad o'r diwedd. "Fe ofynnwn ni am gyngor gan yr arbenigwyr. Os y'n nhw'n meddwl ei fod e'n ddigon da i gael ei holi gan yr heddlu, yna wnawn ni ddim rhwystro hynny. R'yn ni i gyd ar yr un ochr, Alys, isie'r hyn sy'n iawn i Lleu. R'yn ni i gyd isie cyfiawnder."

Maen nhw'n dychwelyd i'r stafell o'r diwedd, a dwi'n parhau i sgrifennu fflat owt yn y llyfr nodiadau 'ma, heb godi 'mhen, gan esgus nad oes syniad o gwbl gyda fi am yr hyn sydd newydd ddigwydd allan ar y coridor. Mae'r ddau yn eistedd mewn tawelwch, gan syllu arnat ti'n cysgu yn dy wely. Mae hi'n hwyr erbyn hyn, Lleu – bron yn naw o'r gloch – ac yn bryd i ni fynd 'nôl i'r fflat er mwyn cael swper a'i throi hi am y gwely. Ond dwi ddim yn meddwl y bydd yr un ohonon ni'n llwyddo i gysgu rhyw lawer heno.

Oeddet ti'n gwybod, Lleu...? (Ambell ffaith dwi'n cofio'u darllen yn un o'r pamffledi roddodd yr heddlu i ni pan ddaethon nhw i'r ysgol i siarad â ni.)

- Bob blwyddyn, mae tua 19,000 o seiclwyr ym Mhrydain yn cael eu lladd neu eu hanafu mewn damweiniau ffordd.

- Plant yw tua un o bob pump o'r seiclwyr sy'n cael eu hanafu yn flynyddol.

- Mae nifer y damweiniau seiclo ar y ffordd yn cynyddu wrth i blant fynd yn hŷn. Mae plant a phobl ifanc rhwng 10 a 15 oed yn fwy tebygol o gael eu hanafu neu eu lladd mewn damwain wrth seiclo ar y ffordd nag unrhyw grŵp oedran arall.

- Mae dynion yn fwy tebygol na menywod o fod yn rhan o ddamwain seiclo ar y ffordd. Mae pedwar o bob pump person sy'n cael ei anafu mewn damwain seiclo yn wryw.

- Mae tua 80% o ddamweiniau seiclo yn digwydd yng ngolau dydd.

- Mae tua 75% o ddamweiniau seiclo yn digwydd wrth neu ar bwys cyffordd.

- Yr adegau mwyaf peryglus o'r dydd i seiclwyr yw rhwng 8 a 9 y bore a 3 a 6 y prynhawn rhwng dydd Llun a dydd Gwener.

- Mae tua hanner y damweiniau seiclo sy'n digwydd ym Mhrydain yn digwydd ar ffyrdd gwledig.

- Mae 84% o ddamweiniau seiclo difrifol yn digwydd o ganlyniad i wrthdrawiad â cherbyd – ceir neu feiciau modur gan amlaf.
- Mae tua tri chwarter y seiclwyr sy'n rhan o ddamweiniau ar y ffordd yn dioddef anafiadau difrifol i'w pen.
- Byddai gwisgo helmed yn rhwystro tua 85% o'r anafiadau pen sy'n cael eu hachosi gan ddamweiniau seiclo.

Tan y tro nesaf, Lleu. Nos da xx

Syllu a syllu ar y llunie.

Chwerthin a chwerthin.

Gwrando'n astud ar bob gair, pob llythyren.

"Dyma lun o Mr Morgan, y siop, wedi'i wisgo fel Sam Tân, a Gwydion ei ŵyr e fel Norman Preis! Ma Mr Morgan yn ddyn caredig iawn, Lleu – ro'dd e wastad yn rhoi rhywbeth bach am ddim i ti a Cain pan fyddech chi'n galw heibio'r siop..."

Mr Morgan? Gwydion? Siop? Siop Mr Morgan...?

Meddwl a meddwl. Trio cofio. Trio 'ngore...

Mrs Puw, raffl, Mrs Jones, Maes yr Awel, Xbox.

Mrs Jones, Maes yr Awel... trio meddwl, trio cofio, trio 'ngore...

Molly a Seren a Jac... ras wy a llwy...

Dad yn chwerthin. Fi'n chwerthin.

Chwerthin a chwerthin. Trio meddwl... trio cofio... Molly a Seren a Jac...

Gormod o wynebe, gormod o enwe, gormod o eirie.

Trio 'ngore... methu cofio.

Wedi blino. Wedi blino'n lân.

Methu, sori, Dad...

Andrew, byw drws nesaf, pymtheg oed, ysgol uwchradd... Andrew? Gwallt brown, llyged glas... Andrew? Chwarae tennis...? Chwarae tennis gydag Andrew... ar ôl ysgol? Andrew... falle, falle...

"Drycha pa mor falch ma fe'n edrych, Lleu...!"

Andrew a'i hwyaden blastig! Dad yn chwerthin, Cain yn chwerthin, fi'n chwerthin.

Andrew! Chwarae tennis!

Cofio Andrew!

Cofio!

Dydd Sadwrn, Mai yr 16eg

Fe gytunodd y doctoriaid, yn y diwedd, i ti siarad â'r heddlu. Ond cofia, fe fuon nhw'n trafod yn hir beth oedd orau cyn cytuno. Yn y pen draw, roedden nhw'n teimlo dy fod ti'n barod, o'r diwedd, i gael dy holi am ddigwyddiadau dydd Calan, er y byddai angen i hynny ddigwydd mewn modd sensitif a gofalus. Doedden nhw ddim yn siŵr faint o help fyddet ti i'r heddlu, mewn gwirionedd, gan dy fod ti'n hynod o ddryslyd o hyd ar adegau, ac ar ddiwrnodau gwael yn cael trafferth cofio'r manylion symlaf am dy fywyd cyn y ddamwain. Ond roedden nhw'n sylweddoli, fel r'yn ni i gyd, fod yn rhaid i hyn ddigwydd, yn hwyr neu'n hwyrach.

Fe eisteddodd Mam a Dr Sarah ac Erin gyda ti'n hir ddydd Mawrth diwethaf, gan esbonio'n araf bach wrthot ti yr hyn ddigwyddodd ar fore'r ddamwain (neu'r hyn roedden nhw'n gwybod ddigwyddodd). Druan â Mam – rhaid bod hynny mor anodd iddi, a dwi'n gwybod bod Dad yn teimlo'n euog ofnadwy nad oedd e yno gyda hi. Wedi'r cyfan, dyna'r tro cyntaf i ti glywed hanes y ddamwain yn iawn. Buodd y niwroseicolegydd yn cynnal sawl sesiwn gyda ti yn ystod yr wythnos hefyd, er mwyn trio dy baratoi di ar gyfer y math o gwestiynau y byddai'r heddlu'n debygol o'u gofyn yn y cyfweliad (sori, ddyliwn i ddim ei alw fe'n 'gyfweliad' – 'sgwrs anffurfiol' oedd hi, yn ôl Mam a Dad). Cymysg fuodd dy ymateb di i'r sesiynau hynny, meddai Mam – roeddet ti'n well ambell ddiwrnod na'i gilydd – ond chest ti ddim un moment *Eureka!* lle daeth popeth 'nôl yn glir fel grisial. Roedd hynny'n gofyn gormod, wrth gwrs, a dwi'n meddwl ein bod ni i gyd yn sylweddoli erbyn hyn nad yw pethau fel'na'n digwydd go iawn. Roedd y doctoriaid wedi'n rhybuddio ni o'r dechrau, hefyd, falle na fyddet ti byth yn cofio'r hyn ddigwyddodd, waeth faint fyddet ti'n cael dy brocio.

Felly, fe drefnwyd y 'sgwrs anffurfiol' ar gyfer bore 'ma, fel bod modd i Dad a finnau fod yn bresennol hefyd. Er bod yr heddlu wedi 'nghyfweld i sawl tro yn syth ar ôl y ddamwain, roedden nhw'n teimlo'i bod hi'n bwysig i fi fod gyda ti bore 'ma, er mwyn i fi allu esbonio'n fanwl yn fy ngeiriau fy hun yr hyn wnaethon ni ar ôl gadael y tŷ ar ein beics y bore hwnnw, yn y gobaith y gallai hynny sbarduno rhywbeth – *unrhyw beth* – yn dy gof di. Yn bresennol hefyd roedd Mam a Dad, wrth gwrs; Dr Sarah; Erin; Dr Mathias, y niwroseicolegydd; a dau dditectif sy'n gweithio ar achos y ddamwain, un dyn ac un ddynes. Roeddwn i'n cofio'r dyn, Inspector Jones, o'r cyfweliad ges i yn yr ysbyty yn y dre, yn syth ar ôl y ddamwain. Y ddynes, Sarjant Williams, oedd un o'r ddau heddwas ddaeth i siarad â ni yn y gwasanaeth yn yr ysgol ychydig wythnosau 'nôl.

"Iawn 'te, Lleu, r'yn ni yma i ofyn am dy help di, os yn bosib." Inspector Jones gychwynnodd ar bethau. "Ti'n meddwl alli di'n helpu ni? Bydd angen i ti feddwl yn ofalus iawn, a bod yn ddewr iawn hefyd…"

Fe barodd y sgwrs am ryw awr i gyd. Fe gawson ni fynd i un o'r stafelloedd cyfarfod arbennig yn yr uned, fel nad oedd yn rhaid i ni gyd eistedd yn dy stafell wely di. Sgwrs Gymraeg oedd hi yn bennaf, er bod gofyn troi i'r Saesneg bob hyn a hyn er mwyn sicrhau bod Dr Sarah a Dr Mathias yn deall yr hyn oedd yn cael ei ddweud. Ar y dechrau, fe ofynnodd Sarjant Williams i fi esbonio'r hyn ddigwyddodd y bore hwnnw, rhwng yr adeg y gadawon ni'r tŷ a phan ddes i o hyd i ti'n gorwedd wedi dy anafu wrth y groesffordd. Roedd siarad yn agored am y peth o dy flaen di'n brofiad mor rhyfedd, Lleu. Wedi'r cyfan, dwi prin wedi trafod y peth gydag unrhyw un, dim ond gyda Mam a Dad ac ambell ddoctor ar y dechrau, neu gyda Kelly, neu wrth sgrifennu yn y dyddiadur 'ma. Yn sicr, doeddwn i ddim wedi dychmygu siarad mor agored am bethau o dy flaen di. Fe ddywedais i bopeth, Lleu − i ti seiclo o fy mlaen i a 'ngadael i ar fy mhen fy hun, 'mod i'n teimlo'n flin tuag atat ti... (Er, ddywedais i ddim am yr hyn glywais i Mam yn ei ddweud wrthot ti cyn i ni adael y tŷ chwaith − y geiriau a wnaeth i fi deimlo mor flin ar y pryd. Doeddwn i ddim am ei hypsetio hi.)

Roedd e'n brofiad anodd, Lleu, yn enwedig gan nad oeddet ti'n dangos llawer o ymateb i'r hyn roeddwn i'n ei ddweud, dim ond syllu o dy flaen â golwg ddwys, ddryslyd ar dy wyneb di. Roedd Mam yn cydio'n dynn yn dy law di drwy'r cyfan, a Dad yn dal yn fy llaw i.

Wedyn, tro'r ddau dditectif oedd hi i siarad. Dyma nhw'n dangos lluniau i ti − un o fy meic i (oedd yn edrych yn union fel dy feic di, wrth gwrs! Fe gadwodd yr heddlu dy un di er mwyn cynnal profion arno wedi'r ddamwain, neu'r hyn oedd ar ôl ohono fe, o leiaf. Mae fy un i yn y garej, heb ei gyffwrdd ers y diwrnod hwnnw). Dyma nhw'n dangos llwyth o luniau o wahanol geir i ti hefyd – degau o rai o bob lliw a llun, yn y gobaith y gallai hynny ddeffro rhyw fath o atgof ynot ti ynglŷn â'r car wnaeth dy fwrw di. Roeddet ti'n syllu ar y lluniau'n hir, Lleu, a gallwn weld dy fod ti'n trio dy orau glas i wneud synnwyr o'r hyn roeddet ti'n ei glywed a'i weld. Ond roeddwn i'n gallu gweld hefyd fod y niwl yn drwchus dros dy feddwl di. Yn anffodus, doedd heddiw ddim yn un o'r diwrnodau da. Ddywedaist ti ddim byd, bron, am awr gyfan, dim ond gwrando'n astud, a syllu.

Cyn gadael, fe ddangosodd y ditectifs un peth arall i ti – clip roedden nhw wedi'i ffilmio o'r daith o'n tŷ ni draw at y groesffordd lle digwyddodd y ddamwain, yn fuan wedi iddi ddigwydd. Roedd gwaddod yr eira i'w weld ar ochr y ffordd o hyd, a'r defaid i'w clywed yn brefu yn y caeau hyd yn oed. Roedd gwylio'r clip fel edrych ar olygfa o ryw ffilm arswyd, ac fe ges innau hefyd fy ngorfodi i feddwl am bethau roeddwn i wedi trio 'ngorau i'w cau allan o fy meddwl ers misoedd.

Dwi ddim yn siŵr faint roedd y clip yn ei olygu i ti, mewn gwirionedd, Lleu. Roeddet ti'n syllu arno – yn ei astudio'n ofalus – fel pe baet ti'n gwylio rhaglen deledu afaelgar. Ond ddywedaist ti ddim gair, a ddangosaist ti ddim arwydd clir o gofio unrhyw beth.

Roedd golwg wedi ymlâdd arnat ti erbyn hynny, ac fe awgrymodd Dr Sarah ei bod hi'n bryd dod â'r sgwrs i ben. Roedd yr heddlu'n hapus â hynny – dwi'n meddwl eu bod nhw wedi cael cyfle i ddangos a gofyn popeth erbyn hynny, beth bynnag. Roedden nhw'n ddiolchgar iawn am ein hamser ni ac wrth adael fe ofynnon nhw i Mam a Dad gysylltu'n syth pe baet ti'n dangos unrhyw arwydd – bach neu fawr – o gofio rhywbeth yn dilyn y sgwrs, boed hynny'n syth neu o fewn rhai dyddiau neu wythnosau. Roedd Dr Sarah wedi'n rhybuddio ni o hynny – y gallai atgof penodol ddychwelyd at berson ag anaf i'r ymennydd yn hir wedi i hadau'r atgof hwnnw gael eu plannu yn ei isymwybod. Dwi'n meddwl bod yr heddlu'n byw mewn gobaith y bydd hynny'n digwydd i ti.

Ond, os dwi'n onest, dwi ddim yn siŵr ydw i eisiau i ti gofio'r hyn ddigwyddodd. Dwi eisiau i'r heddlu ddal pwy bynnag wnaeth dy fwrw di a gyrru i ffwrdd, yn amlwg, ond dwi ddim eisiau i ti orfod ail-fyw'r cyfan yn dy feddwl. Mae'r hyn ddigwyddodd yn perthyn i'r gorffennol erbyn hyn, a dwi ddim eisiau i ti – na ninnau – orfod mynd 'nôl i'r man tywyll 'na... Dyna roedd Dad yn trio'i ddweud wrth Mam yr wythnos diwethaf pan ddechreuon nhw ddadlau – dwi'n deall hynny nawr. Mae'n rhaid i ni ganolbwyntio ar y presennol, a'r dyfodol, o hyn ymlaen, Lleu. Mae'n *rhaid* i ni...

A dyna ni – dy ail set o ymwelwyr di wedi dod ac wedi mynd. Mae heddiw wedi bod yn ddiwrnod bach rhyfedd. Fe adawodd Mam ti i gysgu am sbel ar ôl i'r heddlu adael. Fe eisteddodd hi a Dad ac Erin wrth dy wely di am oriau, rhag ofn y byddet ti'n deffro wedi dy ypsetio gan yr ymweliad, neu rhag ofn y byddet ti'n sydyn yn cofio rhywbeth o bwys. Fe gytunon nhw y byddai'n iawn i fi fynd allan gyda Kelly a'i mam am ychydig – dim ond am dro i gaffi lawr y ffordd. Fe brynodd mam Kelly *double chocolate ice cream sundae* i fi, Lleu – roedd e'n anferthol! Roedd hi'n braf cael awyr iach a chael cyfle i feddwl am rywbeth arall ar ôl bore mor drwm.

Rwyt ti wedi bod yn dawel iawn ers i fi ddod 'nôl – fel pe baet ti'n meddwl yn ddwys. Fe wnest ti hyd yn oed wrthod cynnig Joe i fynd i chwarae gêmau yn y stafell adnoddau, gan ddweud dy fod wedi blino. Gobeithio nad yw ymweliad yr heddlu wedi effeithio gormod arnat ti.

Reit, dwi'n barod am y gwely nawr hefyd! Dwi wedi bod yn dy helpu di i wneud rhai o'r ymarferion ffisiotherapi ers i fi ddod 'nôl, ond does dim llawer o amynedd gan yr un o'r ddau ohonon ni i wneud mwy heno.

Dwi'n gwybod nad ydw i'n dweud hyn yn hanner digon aml, Lleu, ond dwi'n browd iawn, iawn ohonot ti. Mae heddiw, yn fwy nag unrhyw ddiwrnod arall, wedi fy atgoffa i o hynny.

Pum rheswm pam taw ti yw'r brawd gorau yn y byd i gyd:

- Rwyt ti'n trio mor galed ac yn benderfynol o adfer cymaint â phosib o'r sgiliau y gwnest ti eu colli yn dilyn y ddamwain. Mae Dr Sarah yn dweud dy fod ti'n esiampl i holl gleifion eraill yr uned.
- Dwyt ti ddim wedi cwyno unwaith am dy sefyllfa ers i ti ddeffro o'r coma, nac wedi gofyn "Pam fi?".
- Hyd yn oed pan fyddi di wedi blino'n lân, yn

teimlo'n rhwystredig ac yn cael un o dy 'ddyddiau gwael', rwyt ti'n dal i lwyddo i wenu ac yn ein cadw ninnau i wenu hefyd.

- Dwyt ti ddim wedi colli dy synnwyr digrifwch, er bod dy jôcs di cynddrwg ag erioed! Mae Erin, a Joe hefyd, wedi bod yn dysgu rhai newydd i ti, ac rwyt ti wrth dy fodd yn eu hailadrodd. O, maen nhw'n wael, Lleu!

> Beth wyt ti'n galw buwch sy'n byw mewn iglw? Esgi-mŵ!
>
> Beth mae mynyddwyr yn hoffi bwyta? Ffa dringo!
>
> Beth sy'n rhedeg o amgylch cae ond sydd byth yn symud? Ffens!
>
> Beth wyt ti'n galw merch sy'n holi cwestiynau drwy'r amser? Pam?! (Honna yw'r waethaf, heb os!)

- Dy weld di'n aros yn eiddgar amdana i pan dwi'n cyrraedd yr ysbyty ar nos Wener yw un o'r golygfeydd gorau yn y byd i gyd.

Nos da, Lleu, tan yr wythnos nesaf xx

"Ti'n meddwl alli di'n helpu ni, Lleu? Bydd angen i ti feddwl yn ofalus iawn, a bod yn ddewr iawn hefyd..."

Iawn, iawn. Meddwl yn ofalus, bod yn ddewr...

Gwrando'n astud, astud ar Cain.

Meddwl a meddwl a meddwl...

Trio... trio cofio. Trio 'ngore...

"Beic... Calennig... gadael... ar fy mhen fy hun."

Meddwl a meddwl a meddwl...

"Rhiw... helmed... cwmpo mas..."

Trio 'ngore, trio cofio. Wir – trio cofio.

Methu. Methu'n lân â chofio.

Sori, Cain, sori...

Syllu a syllu ar y llun.

Beic newydd, beic smart. Olwynion yn sgleinio i gyd.

"Un fel hyn yn union o'dd gen ti, Lleu. Anrheg ben-blwydd, y bore hwnnw..."

Anrheg ben-blwydd? Y bore hwnnw?

Syllu a syllu, meddwl a meddwl...

Y niwl yn drwchus dros fy llyged i. Methu gweld yn iawn. Wedi blino. Pen yn dost, pen yn troi...

"Oes un o'r ceir hyn yn gyfarwydd i ti, Lleu?"

Car mawr, car bach, car glas, car melyn, car gwyrdd, car arian, car coch, car du...

Syllu a syllu ar y llunie. Meddwl a meddwl a meddwl...

Trio 'ngore, trio cofio...

"Dyma'r groesffordd, Lleu. Dyma lle digwyddodd y ddamwain..."

Gwylio'r clip. Fel gwylio rhaglen deledu. Syllu a syllu, meddwl a meddwl...

Ffordd, eira, coed heb ddail. Sŵn defaid yn brefu, a sŵn... dim byd.

Trio 'ngore, trio cofio. Wir – trio cofio...

Meddwl a meddwl.

Pen yn troi. Pen yn dost. Niwl yn drwchus.

Wedi blino, isie cysgu.

Dim byd.

Methu. Methu cofio.

Sori, Mam.

Sori, Dad.

Sori, Cain.

Sori, Dr Sarah.

Sori, Erin.

Sori, Inspector Jones.

Sori, Sarjant Williams.

Dim byd.

Sori.

Dydd Sul, Mai y 24ain

Hwrê, Lleu, mae hi'n wyliau eto, a dyma fi'n cael treulio wythnos gyfan yn dy gwmni di (dwyt ti'n lwcus?!). Fel arfer fe fydden ni fel teulu yn treulio'r rhan helaeth o wythnos gwyliau'r Sulgwyn yn aros yn y garafán yn Eisteddfod yr Urdd, ond dyna'r peth diwethaf ar ein meddyliau ni eleni! A dweud y gwir, does unman yn y byd yn teimlo'n bellach o fan hyn ar hyn o bryd na maes Eisteddfod yr Urdd (dwi ddim yn meddwl bod Mam a Dad yn ymwybodol o ble mae'r Eisteddfod yn cael ei chynnal eleni, hyd yn oed!).

Mae hi'n nos Sul, ac mae wedi bod yn benwythnos prysur eto. Fe ddaeth set arall o ymwelwyr i dy weld di ddoe (ti'n boblogaidd iawn y dyddiau yma, Lleu!), a rhaid cyfaddef ei fod yn ymweliad tipyn mwy pleserus nag ymweliad yr heddlu yr wythnos diwethaf. Pwy gerddodd mewn i dy stafell di'n syth ar ôl cinio, yn wên o glust i glust, ond... Gethin ac Efan a'u mamau! Fel gydag ymweliad Math a Sioned, roedd Mam a Dad wedi dy baratoi di'n ofalus o flaen llaw, trwy ddangos lluniau a chardiau ac ati, yn y gobaith y byddet ti'n adnabod Gethin ac Efan pan fydden nhw'n cyrraedd, neu o leia'n eu cofio nhw, gydag amser. Roedd e siŵr o fod yn brofiad rhyfedd iawn i'r tri ohonoch chi – gweld eich gilydd ar ôl cyfnod mor hir, ac ar ôl popeth sydd wedi digwydd. Roeddwn i'n gallu synhwyro bod Gethin ac Efan braidd yn ansicr ar y dechrau ond cyn hir roedden nhw wedi agor y set Lego newydd y daethon nhw yn anrheg i ti ac roedd y tri

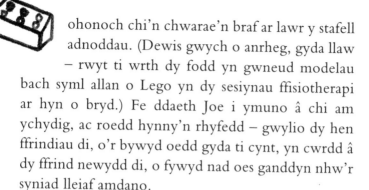 ohonoch chi'n chwarae'n braf ar lawr y stafell adnoddau. (Dewis gwych o anrheg, gyda llaw – rwyt ti wrth dy fodd yn gwneud modelau bach syml allan o Lego yn dy sesiynau ffisiotherapi ar hyn o bryd.) Fe ddaeth Joe i ymuno â chi am ychydig, ac roedd hynny'n rhyfedd – gwylio dy hen ffrindiau di, o'r bywyd oedd gyda ti cynt, yn cwrdd â dy ffrind newydd di, o fywyd nad oes ganddyn nhw'r syniad lleiaf amdano.

Roedd pen-blwydd Efan heddiw, yn digwydd bod, ac roedd e wedi gwrthod pob cynnig am barti, gan fynnu taw dod draw i dy weld di roedd e eisiau gwneud er mwyn dathlu'i ben-blwydd. Fe ddaeth e â chacen ben-blwydd – un siâp pêl rygbi enfawr – er mwyn i ni i gyd gael ei bwyta hi amser te. Roedd digon i'w rannu gyda Joe a Kelly a rhai o blant eraill a staff yr uned hefyd, ac roedd hi'n flasus dros ben!

Wrth i fi ei bwyta hi, dyma fi'n cofio'n sydyn am y ddwy gacen wnaeth Mam i ni er mwyn dathlu'n penblwyddi ni ddechrau'r flwyddyn. Un liwgar siâp brwsh a phalet paent i fi, ac un goch siâp crys pêl-droed i ti (doedden ni byth yn cael cacennau pen-blwydd yr un fath). Fe fuon ni wrthi'n ei helpu hi i gymysgu ac addurno y noson cynt – nos Galan (wel, fe fuest ti'n helpu, o leiaf – dwi'n meddwl taw llyfu'r fowlen fues i'n ei wneud fwyaf!), ac roedden ni'n mynd i'w bwyta nhw mewn te parti arbennig drannoeth – prynhawn dydd Calan, diwrnod ein penblwyddi ni... (Chawson nhw ddim eu bwyta, gyda llaw. Doedd neb yn y mŵd i fwyta cacennau pen-blwydd y prynhawn hwnnw, coelia neu beidio.) Rhyfedd, hefyd – roeddwn i wedi anghofio'n llwyr am hynny tan heddiw.

Beth bynnag, roedd Gethin ac Efan wedi dod ag anrheg arall i ti, sef DVD *The 100 Greatest Football Moments of All Time*. Fe roddodd Dr Sarah ganiatâd i chi fynd i'w wylio fe yn y lolfa, gan ei bod hi'n wag am y prynhawn. Does dim teledu na chwaraewr DVD gyda ti yn dy stafell wely, yn ôl cyngor yr arbenigwyr, gan na fyddai gormod o sŵn a lliwiau llachar yn llesol i dy ganolbwyntio di. Ond mae gwylio'r teledu am ychydig, bob hyn a hyn, yn berffaith iawn, medden nhw. Fe eisteddais i gyda chi am ychydig, ac roedd gyda fi, hyd yn oed, ddiddordeb yn rhai o'r clipiau ar y DVD – wir i ti, Lleu! Wrth dy wylio di'n syllu ar rai o eiliadau mwyaf cofiadwy hanes y bêl gron – dwy gôl anhygoel Maradona yn ystod gêm yr Ariannin yn erbyn Lloegr ym mhencampwriaeth Cwpan y Byd 1986, er enghraifft, neu Zidane yn derbyn cerdyn coch yn rownd derfynol Cwpan y Byd 2006 – fedrwn i ddim peidio â meddwl tybed oedd gyda ti gof o weld rhai o'r clipiau hyn o'r blaen rywdro.

Cyn iddyn nhw adael, fe gawson ni gyfle i fynd i'r ardd gyda Gethin ac Efan, ac fe roddon nhw anrheg arall eto i ti – pêl-droed ledr newydd sbon! Roeddet ti wrth dy fodd pan welest ti hi, ac fe fuoch chi'n chwarae gyda hi am dipyn. Rwyt ti'n dal i ddibynnu ar gefnogaeth y ffrâm gerdded er mwyn symud o un man i'r llall, a welson ni mohonot ti'n cyflawni unrhyw driciau gwyrthiol gyda'r bêl, fel roeddet ti'n arfer gwneud. Ond roeddet ti'n trio'n galed i'w chicio hi, ac roedd dy fwynhad di'n amlwg. Fe dynnodd Dad sawl llun o'r prynhawn ar dy gamera digidol. Lluniau arbennig o brynhawn arbennig, Lleu. Lluniau i'w trysori am byth.

Fe gysgaist ti'n sownd am oriau wedi iddyn nhw fynd. Pan ddeffraist ti, fe ofynnodd Mam i fi agor cerdyn roedd Gethin wedi'i adael i ti, a darllen y cynnwys i bawb ei glywed. Roeddwn i'n adnabod y llawysgrifen ar yr amlen yn syth – cerdyn gan Tommy oedd e. Er nad yw e'n gymaint o ffrindiau gyda Gethin ac Efan ag yw e gyda ti, fel yr esboniais i o'r blaen, roeddwn i wedi hanner disgwyl iddo fe ddod gyda'r ddau arall i dy weld di heddiw. Wedi'r cyfan, mae e'n gofyn amdanat ti drwy'r amser, ac yn amlwg yn poeni sut wyt ti. Roedd mam Gethin wedi ffonio'i fam e i gynnig iddo fe ddod gyda nhw, meddai hi, ond gwrthod wnaeth hi. Rhyfedd... Mae e wedi bod yn absennol o'r ysgol dipyn yn ddiweddar, cofia. Falle 'i fod e'n rhy sâl, neu'n rhy brysur... (er, ar ôl meddwl, roedd e yn yr ysgol ddydd Gwener).

Beth bynnag, dyma fi'n sicrhau dy fod ti'n gyfforddus ar ôl deffro, cyn agor y cerdyn a darllen y cynnwys i ti:

"Annwyl Lleu,

Sut wyt ti?

Gobeithio dy fod ti'n gwneud yn dda yn yr ysbyty? Dwi'n meddwl amdanat ti'n aml iawn. Roedd yn flin iawn gyda fi glywed beth ddigwyddodd i ti.

Gobeithio dy weld cyn hir.

Cofion gorau,

Tommy

O.N. *Mae Miss Llywelyn wedi edrych dros yr iaith ar y garden i fi, achos dyw fy Nghymraeg i ddim yn dda iawn, fel ti'n gwybod!*"

Roedd 'na lun gyda'r cerdyn hefyd – llun gafodd ei dynnu ar ddiwrnod mabolgampau'r ysgol y llynedd. Llun ohonot ti a Tommy'n gwenu'n braf, heb ofid yn y byd... Ar gamera'r ysgol y tynnwyd y llun, byddwn i'n meddwl – rhaid bod Miss Llywelyn wedi rhoi copi i Tommy i'w anfon i ti. Rwyt ti'n gwenu wrth edrych ar y llun, ac wrth glywed y neges yng ngherdyn Tommy. Ac ar ôl syllu ar y llun am ychydig, rwyt ti'n cyhoeddi'n sydyn:

"Tommy... Symud i Flwyddyn 5. Dysgu Cymraeg i Tommy!"

A dyma fi'n sylweddoli, yn dawel fach, fod heddiw'n ddiwrnod da, a bod darn arall o jig-so cymhleth dy gof di wedi disgyn i'w le.

Fe lwythodd Dad luniau'r prynhawn ar dy liniadur di wedyn, ac fe gawson ni hwyl wrth edrych trwyddyn nhw. Llun ohonot ti a Gethin ac Efan yn bwyta darn o gacen yr un, llun ohonoch chi'n chwarae gyda'r bêl-droed newydd yn yr ardd, llun ohonoch chi a Joe yn adeiladu rhyfeddodau allan o Lego... Llwyth o atgofion melys, Lleu. Atgofion newydd sbon.

Mae Dad wedi gadael am adre erbyn hyn. Fydd e ddim yn aros gyda ni drwy'r wythnos fel yn ystod gwyliau'r Pasg gan nad yw hi'n bosib iddo fe gymryd wythnos gyfan bant o'r gwaith, ond mi fydd e 'nôl nos Wener, fel arfer. Dwi wedi dod ag ambell lyfr arall o dy stafell wely di gartref er mwyn edrych trwyddyn nhw gyda ti. Llyfrau gwyddoniaeth ydyn nhw (dyna yw'r rhan fwyaf o dy lyfrau di), a dwi wedi dechrau edrych trwy un ohonyn nhw – *Mysteries of Our Solar System* – yn barod. Mae e'n edrych yn gymhleth iawn i fi! Gobeithio y bydd hi'n braf er mwyn i ni gael cyfle i fynd allan i'r ardd dipyn yn ystod yr wythnos hefyd. Dwi am drio mynd â fy llyfr braslunio gyda fi, a phwy a ŵyr, falle y cei di ddysgu ambell dric i fi gyda'r bêl-droed newydd yna hefyd!

Saith ffaith anhygoel am blanedau Cysawd yr Haul (hawlfraint llyfr *Mysteries of Our Solar System*, cyfieithiad Cain Gruffudd – fi!):

- Mae Cysawd yr Haul yn cynnwys yr Haul a'r holl wrthrychau sy'n cylchdroi o'i gwmpas o ganlyniad i rym disgyrchiant.
- Fe ffurfiodd Cysawd yr Haul tua 4.6 biliwn o flynyddoedd yn ôl.
- Mae wyth planed yng Nghysawd yr Haul – Mercher, Gwener, Y Ddaear, Mawrth, Iau, Sadwrn, Wranws a Neifion.
- Roedd Plwton yn cael ei chyfri fel planed tan 2006, ond erbyn hyn mae'n cael ei hystyried yn rhy fach i fod yn blaned go iawn (mae'n cael ei galw'n 'gorrach-blaned' yn lle hynny).
- Er bod pobl yn arfer meddwl bod yr Haul yn blaned hefyd, dydy hi ddim – seren yw hi.
- Mae ein Lleuad ni lawer llai o ran maint na'r Ddaear. R'yn ni'n gallu gweld y Lleuad gan fod goleuni'r Haul yn adlewyrchu oddi arni.
- Gan fod disgyrchiant ar y Ddaear chwe gwaith

yn gryfach nag ar y Lleuad, byddai modd i ni
neidio tua chwe gwaith yn uwch pe baen
ni ar y Lleuad!

Reit, well i fi ddweud nos da wrth Hen Ŵr y
Lleuad nawr – ac wrthot ti hefyd.

Am y tro 'te, Lleu. Nos da xx

Efan a Gethin.

Ffrindie da, ffrindie caredig. Chware Lego, bwyta cacen, cicio pêl.

Cacen ben-blwydd… Cacen ben-blwydd Efan…

Dwy gacen ben-blwydd… un i Cain, ac un i fi…

Helpu Mam… addurno'r gacen… siâp… crys pêl-droed…?

Cain yn llyfu'r fowlen.

"Paid, Cain!" Mam yn grac!

Cofio… cofio!

*

Efan a Gethin.

Brychni haul a thrwyn smwt, gwallt du a siarad yn ddi-baid!

Chware pêl-droed… yn yr ardd, ac… ar yr iard? Yn yr ysgol? Ymarfer at y… twrnament? Fi'n sgorio tair gôl.

Pawb yn bloeddio. "Da iawn, Lleu! Hatric! Hwrê!"

Cofio… cofio!

*

Efan a Gethin.

Efan a Gethin a fi, yn stafell wely Efan.

"Reit 'te, pleidlais… pwy yw'r pêl-droediwr gorau erioed?"

"Ronaldo... neu beth am Messi?"

"Neu George Best? Neu Pelé? Ma Dad yn gweud taw Pelé yw'r gore!"

"Nage, Maradona – Maradona yw'r gore!"

"Maradona?!"

"Ie, Maradona, gôl The Hand of God, Cwpan y Byd 1986. Maradona yw'r gore!"

Efan a Gethin a fi, yn stafell wely Efan.

Y pêl-droediwr gore erioed...

Cofio... cofio!

*

Tommy.

Tommy a fi, yn wên o glust i glust.

"Diwrnod y mabolgampau o'dd hi, llynedd dwi'n meddwl, Lleu. Miss Llywelyn dynnodd y llun, siŵr o fod..."

Ie, Miss Llywelyn. Miss Llywelyn glên, garedig.

Tommy a fi, ar ddiwrnod y mabolgampau.

Diwrnod poeth, chwysu stecs.

Ennill y ras deircoes, Tommy a fi!

Tommy a fi – Ff.A.B.

Ffrindie Am Byth.

"Tommy... Symud i Flwyddyn 5. Dysgu Cymraeg i Tommy!"

Cofio... cofio!

Cofio Tommy!

Cofio!

Haf

Dydd Sul, Mai'r 31ain

Wel, do, fe fuon ni'n lwcus gyda'r tywydd yn y diwedd, Lleu, ac fe fuodd yr wythnos ddiwethaf 'ma'n wythnos hyfryd o haul bendigedig. Golygodd hynny bod modd i ni dreulio tipyn o'n hamser, rhwng dy sesiynau therapi di, yn eistedd yng ngardd yr ysbyty, fel roeddwn i wedi gobeithio. Darllen fuon ni'n gwneud fwyaf – fi'n darllen i ti (gan gyfieithu pan oedd angen) a tithau'n trio dy orau i ddilyn yr hyn roeddwn i'n ei ddweud, ac i ddarllen ac ailadrodd rhai o'r geiriau hawsaf dy hun. Doeddwn i byth yn meddwl y byddwn i'n cyfaddef hyn, Lleu, ond doedd gen i ddim syniad fod llyfrau gwyddoniaeth yn gallu bod mor ddiddorol!

Yn rhyfedd iawn, dwi wedi mwynhau dysgu am y sêr a'r planedau, y Llwybr Llaethog a phob math o bethau eraill (tipyn mwy nag yn y gwersi Gwyddoniaeth yn yr ysgol!) – ac wedi mwynhau trio dy ailddysgu di amdanyn nhw hefyd. Roedd gen i ryw frith gof o glywed rhai o'r ffeithiau o'r blaen, pan ymddangosaist ti ar raglen *Mastermind Plant Cymru*.

"Iau yw'r blaned fwya yng Nghysawd yr Haul, a Mercher yw'r lleia. Oeddet ti'n gwbod hynny, Lleu?"

"Iau, y blaned fwya..."

"Sadwrn yw'r unig blaned yng Nghysawd yr Haul sydd â chylchoedd o'i chwmpas – rhyfedd, ontefe Lleu?"

"Sadwrn, yr unig blaned â chylchoedd – rhyfedd..."

Dwi hefyd wedi cael hwyl wrth dy helpu di i greu brawddegau bach gwirion, fel roedden ni'n arfer gwneud gyda Miss Llywelyn yn yr ysgol, er mwyn cofio trefn safleoedd y planedau o'r Haul. 'Mewn Gwely Y Mae Ianto'n Sâl Wedi Naw Pitsa' – honna yw dy ffefryn di (ond r'yn ni'n gorfod twyllo tamed bach gyda honna, Lleu, ac esgus fod Plwton yn blaned go iawn o hyd!).

R'yn ni hefyd wedi bod yn darllen un arall o dy lyfrau di, *The Human Race*, ac roedd gan y ddau ohonon ni ddiddordeb arbennig yn y bennod ar efeilliaid. Mae'n anhygoel meddwl ein bod ni'n dau wedi cychwyn yn yr un man, ar yr un pryd, Lleu, a'n bod ni wedi treulio naw mis cyntaf ein bodolaeth yn brwydro am le ym mol Mam! Mae'r berthynas rhwng efeilliaid yn un arbennig iawn, meddai'r llyfr – yn gwlwm tyn sy'n anodd iawn ei dorri...

Iawn, Cain, stopia fwydro! Dwi'n gorfod dweud hynny wrtha i fy hun y dyddiau yma, Lleu, gan nad wyt ti'n gwneud! O ie, bron i fi anghofio sgrifennu am un o'r pethau mwyaf cyffrous i ddigwydd i ti ers i ti ddod i'r Uned Niwroleg, ac yn sicr dy ymwelydd mwyaf arbennig di. Sut gallwn i? A dweud y gwir, mae hi yma wrth i fi sgrifennu nawr, yn rhedeg rownd a rownd gardd yr ysbyty yn hollol boncyrs!

Gad i fi esbonio... Fe gyrhaeddodd Dad 'ma tua hanner awr wedi wyth nos Wener, yn ôl yr arfer, ac fe dreuliodd e drwy'r dydd ddoe gyda ni hefyd. Ond neithiwr, tua chwech o'r gloch, dyma fe'n cyhoeddi ei fod e am fynd adre am y noson ac y byddai e'n dychwelyd bore 'ma, gan ddod â syrpréis gyda fe. Doedd dim syniad gyda ni'n dau am beth roedd e'n sôn, ac er ei bod hi'n amlwg fod Mam a Dr Sarah yn gwybod beth oedd ei gynlluniau, fe wrthododd y ddwy'n lân â dweud wrthon ni. Ond... roedd hi'n werth yr aros, achos pwy oedd yn eistedd ym mŵt y car pan aeth Mam a fi lawr i gwrdd â Dad yn y maes parcio bore 'ma ond... Cadi! Aeth hi'n hollol wallgof pan welodd hi Mam (doedd hi ddim wedi ei gweld hi ers dechrau gwyliau'r Pasg), ond doedd hynny'n ddim o'i gymharu â'r ymateb pan welodd hi ti, Lleu!

Fe gest ti help Mam ac Erin a fi i ddefnyddio'r lifft ac yna i gerdded lawr i'r ardd o'r uned (mae'r ffisiotherapydd yn trio dy annog di i beidio â dibynnu cymaint ar y ffrâm gerdded erbyn hyn, ac rwyt ti wedi dechrau defnyddio ffyn baglau yn lle hynny). Wrth i ni gyrraedd lawr yno gan bwyll, pwy arall oedd yn cyrraedd ar yr un pryd ond Dad – a Cadi! Diolch byth fod Cadi'n sownd wrth dennyn a bod Dad yn dal ynddi'n dynn, neu dwi'n meddwl y byddai hi wedi dy fwrw di'n fflat i'r llawr! Dwi erioed wedi clywed ci yn udo cymaint! Fe lyfodd hi ti o dy ben i dy sawdl – roedd dy wyneb di'n wlyb diferu, Lleu! Mae'n anodd credu, ar ôl pum mis, ei bod hi'n dal i dy adnabod di heb unrhyw drafferth, ac yn amlwg yn dal i feddwl y byd i gyd yn grwn ohonot ti. Fel roedd hi'n digwydd, roeddwn i wedi dod â dy gamera digidol di lawr gyda fi i'r ardd, a dwi mor falch i fi lwyddo i ffilmio'ch cyfarfyddiad arbennig chi. Byddwn ni i gyd yn cael mwynhad mawr o wylio'r clip yna am amser hir i ddod.

Ond, yn fwy rhyfeddol nag ymateb Cadi oedd dy ymateb di pan welaist ti hi. Fe ledaenodd gwên fawr dros dy wyneb di, ac roedd hi'n amlwg dy fod wedi'i hadnabod hi'n syth. Mae hynny'n anhygoel! Fe gymerodd hi dipyn mwy o amser i ti adnabod a chofio'r gweddill ohonon ni! Rhaid bod hynny naill ai'n brawf o'r ffaith fod dy gof di'n adfer yn gynt erbyn hyn, neu fod Cadi'n golygu mwy i ti nag unrhyw un arall!

A dwyt ti ddim wedi stopio gwenu! R'ych chi wedi bod wrthi'n chwarae ers bron i awr erbyn hyn – ti'n taflu pêl i Cadi a hithau'n rhedeg ar ei hôl, yn fwndel mawr o flew a brwdfrydedd. Byddai dy ffisiotherapydd di wrth ei bodd o weld dy gydsymud di heddiw, Lleu!

Mae hi'n ddiwrnod bendigedig eto, a'r ardd yn ei gogoniant ar drothwy'r haf. Mae pum mis – dau dymor – wedi mynd i rywle heb i ni sylwi bron. Ar ddiwrnod braf, dibryder fel heddiw, mae'n anodd cofio am ddiwrnodau llwm a thywyll y gaeaf.

Wel, mae hi'n ddydd Llun eto fory, Lleu, a chyn hir bydd angen i Dad a fi gasglu'n pethau a'i throi hi am adre (gyda Cadi yn y bŵt, wrth gwrs!). Mae hi wedi bod yn wythnos dda, Lleu, a dwi wedi mwynhau pob eiliad yn dy gwmni di.

O ie, anghofiais i sôn fod Mam a Dr Sarah wedi gadael i fi fod yn bresennol yn rhai o dy sesiynau iaith a lleferydd di'r wythnos hon. Roedd hynny'n dipyn o agoriad llygad – gweld pa mor galed rwyt ti, a'r therapyddion, yn gweithio. Gyda'r therapydd iaith a lleferydd, fe fuest ti'n gwneud gweithgareddau i wella dy sgiliau dealltwriaeth a phrosesu gwybodaeth. Y therapydd yn cyflwyno gwybodaeth, un frawddeg ar y tro, cyn i ti ailadrodd yr union eiriau, ac yna chwarae gêmau cof ('Fe es i i'r siop a phrynu...'). Fe gynigiodd y therapydd i fi gymryd rhan yn y gêm hefyd, ac roedd e'n lot o sbort (er, dwi'n amau dy fod ti'n well o lawer na fi am gofio'r rhestr siopa erbyn y diwedd!). Gyda'r therapydd galwedigaethol wedyn, fe fuest ti'n ymarfer ymolchi dy wyneb a brwsio dy ddannedd, ac fe gawson ni un sesiwn oedd yn dipyn o hwyl wrth i ti drio cofio'r broses o wneud brechdan jam a menyn cnau, a chaws ar dost, yng nghegin yr uned (a mwynhau eu bwyta nhw, wrth gwrs!).

R'yn ni am dy helpu di 'nôl i'r uned mewn munud, ac mae Mam yn awyddus i ti drio cael ychydig o gwsg cyn swper. Dwyt ti ddim wedi bod yn cysgu'n rhy dda yn ystod y nos yn ddiweddar, meddai'r nyrsys – yn troi a throsi ac yn deffro'n chwys oer sawl tro. Maen nhw'n meddwl falle fod dy batrwm cysgu di'n cael ei effeithio wrth i fwy a mwy o atgofion lifo 'nôl, ac wrth i ti ddod yn fwyfwy ymwybodol o'r byd o dy gwmpas di. Maen nhw'n cadw llygad barcud arnat ti, ond gan nad wyt ti'n cysgu cymaint yn ystod y nos rwyt ti'n fwy blinedig yn ystod y dydd (ac mae Cadi wedi dy flino di fwy fyth heddiw, wrth gwrs!).

Fe gysylltodd Inspector Jones ddechrau'r wythnos i holi Mam oeddet ti wedi dangos unrhyw arwyddion o gofio rhywbeth pellach am fore'r ddamwain. Er y bydden ni wrth ein boddau o allu rhoi newyddion cadarnhaol iddo, y gwir amdani yw nad wyt ti wedi sôn dim am y ddamwain ers dy gyfweliad â'r heddlu bythefnos yn ôl. Rhaid i ni gymryd, felly, nad wyt ti'n cofio dim o hyd.

Wela i di nos Wener nesaf 'te, Lleu. Bydd yr wythnos nesaf 'ma'n llusgo, dwi'n siŵr.

Dyma ambell ffaith ddiddorol r'yn ni wedi'u dysgu am efeilliaid yr wythnos hon (o'r llyfr *The Human Race*):

- Mae efeilliaid un ffunud (*identical twins*) yn rhannu'r un DNA ond nid yr un olion bysedd.
- Mae hyd at 22% o efeilliaid yn sgrifennu gyda'u llaw chwith (fel fi, Lleu, ond rwyt ti'n defnyddio dy law dde).
- Tsieina yw'r wlad lle mae'r ganran leiaf o efeilliaid yn cael eu geni bob blwyddyn (tua 1 o bob 300 genedigaeth).
- Gall 1 o bob 250 beichiogrwydd fod yn efeilliaid un ffunud.
- Mae 40% o efeilliaid yn dyfeisio'u hiaith eu hunain er mwyn cyfathrebu â'i gilydd. Mae'n cael ei galw'n *idioglossia* (yn debyg i'n hiaith unigryw ni pan oedden ni'n iau, Lleu!).
- Pwysau cyfartalog babi sy'n un o efeilliaid yw 5 pwys 5 owns (er, roeddet ti'n 6 pwys 2 owns a finnau'n 6 pwys union, yn ôl Mam).
- Roedd William Shakespeare yn dad i efeilliaid – bachgen a merch o'r enw Hamnet a Judith.

- Yn ôl gwaith ymchwil, mae rhai cŵn yn gallu gwahaniaethu rhwng efeilliaid un ffunud ar sail eu harogl nhw!

Cysga'n dawel 'te, Lleu (wel, tria...) xx

Cysgu.

Deffro.

Cysgu a deffro.

Deffro'n chwys oer.

Pen yn troi...

Cysgu eto. Breuddwydio...

Cofio...

"Pen-blwydd hapus, Lleu! Pen-blwydd hapus, Cain!"

Cacen. Dwy gacen – un i fi, un i Cain.

Beic. Dau feic.

Cain a fi. Brawd a chwaer. Ffrindie gore.

Cain a fi...

Canu. Canu Calennig...

"Ddoi di gyda fi, Lleu, plis? Hwn fydd y tro ola, dwi'n addo! Plis!"

Ocê, Cain, ocê, er dy fwyn di.

Dau feic – un i fi, un i Cain.

Aros ac aros ac aros.

Dwylo'n oer, oer.

"Dere mlân, Cain! Heddi, dim fory!"

Aros ac aros ac aros.

Ac yna... pedlo.

Rhiw serth.

Pedlo'n wyllt.

Pedlo a phedlo a phedlo.

Teimlo'r awel yn erbyn fy mochau.

Teimlo'n rhydd...

Pedlo a phedlo a phedlo.

Ac yna... dim.

Dim byd.
Deffro.
Deffro'n chwys oer.
Pobman yn dywyll.
Popeth yn wag.
Dim byd.

Dydd Sul, Mehefin y 7fed

Helô, Lleu! Cofnod reit fyr fydd hwn heddiw, mae arna
i ofn. A bod yn onest, does dim llawer iawn gyda fi i
sgrifennu. Ar y cyfan, mae'r penwythnos – a'r wythnos
ddiwethaf i gyd – wedi bod yn ddigon diddigwydd, i
ti ac i fi. Rwyt ti wedi parhau â dy sesiynau therapi, ac
wedi bod yn cael llwyth o brofion ac asesiadau gan lu o
arbenigwyr, yn ôl yr arfer erbyn hyn. Yn ôl Mam, mae'r
nyrsys yn dal i boeni ychydig am dy batrwm cysgu di,
ac yn parhau i gadw golwg ofalus arnat ti. Oherwydd
y diffyg cwsg, rwyt ti wedi blino tipyn mwy yn ystod
y dydd, ac mae'n anodd dy ysgogi di i wneud llawer o
ddim.

Dyw'r tywydd ddim wedi helpu pethau rhyw lawer
dros y penwythnos chwaith. Yn sydyn iawn, fe ddaeth
y tywydd heulog, braf i ben, ac yn ei le fe gawson
ni law, glaw a mwy o law! Dyw hi prin wedi stopio
bwrw ers i Dad a fi gyrraedd 'ma nos Wener. Diflas!
Mae hynny'n golygu ein bod ni wedi bod yn styc yn
yr uned drwy'r penwythnos, heb fedru mynd allan
am awyr iach i'r ardd. Mae hynny wedi mynd dan dy
groen di braidd, dwi'n meddwl (idiom arall!), a dwi'n
gallu gweld dy fod yn teimlo'n rhwystredig. Er hynny,
roedd e'n gyfle da i ni chwarae tipyn o gêmau – gêmau
cof yn bennaf. Fe ymunodd Joe a Kelly â ni drwy'r
prynhawn ddoe yn y stafell adnoddau – roedd hynny'n
braf – ac fe gawson ni gyfle i wylio ffilm gyda'n gilydd
yn y lolfa hefyd.

Gan nad oedd modd mynd allan, fe dreuliodd Dad a
fi'r bore heddiw yn dy helpu di i sgrifennu ambell lythyr

er mwyn diolch am rai o'r cardiau a'r llythyron rwyt ti wedi eu derbyn ers bod yn yr ysbyty. Mae dal mewn beiro neu bensil a'u symud er mwyn creu llythrennau a geiriau ystyrlon yn achosi trafferth i ti o hyd, ac mae dy lawysgrifen di'n waeth nag un Dad, hyd yn oed, ar hyn o bryd (mae hynny'n dweud tipyn!). 'Fel traed brain' yw'r idiom addas fan hyn, Lleu! Felly mae'r doctoriaid wedi bod yn dy annog di i drio defnyddio mwy a mwy o'r gliniadur er mwyn cofnodi gwaith ysgrifenedig, gan fod teipio'n dod yn haws i ti. Mae sillafu geiriau syml yn dipyn o broblem hefyd (fyddet ti ddim yn cael marciau llawn mewn prawf sillafu y dyddiau yma, Lleu!).

Beth bynnag, fe benderfynaist ti dy fod ti am sgrifennu nodyn at Math a Sioned i ddiolch am y camera digidol, ac i ddiolch i Sioned am y llun sy'n dal i hongian yn falch ar y pinfwrdd wrth dy wely di. Roeddet ti hefyd am sgrifennu at Efan a Gethin i ddiolch am y bêl-droed ledr ac am dreulio'r prynhawn hyfryd 'na gyda ti 'nôl ar ddechrau gwyliau'r Sulgwyn. Fe atgoffais i ti hefyd am gerdyn Tommy, ac er na ddaeth e i dy weld di, roeddet ti am ddiolch iddo fe am sgrifennu ac am anfon y llun ohonoch chi gyda'ch gilydd ar ddiwrnod y mabolgampau. Fe gymerodd hi dipyn o amser iti sgrifennu'r llythyron, Lleu, a bu'n rhaid i Dad a fi dy helpu di i ddod o hyd i eiriau addas ac i'w defnyddio a'u sillafu'n gywir. Ond, erbyn amser cinio, roedd gyda ti bedwar llythyr yn barod i'w hargraffu a'u hanfon. Mae Dad wedi'u cadw nhw ar gofbin, a byddwn ni'n eu hargraffu nhw gartref heno. Dwi am fynd â rhai Gethin, Efan a Tommy iddyn nhw i'r ysgol fory (alla i ddim aros i weld eu hymateb nhw!), a galla i roi un Math a Sioned iddyn nhw y penwythnos nesaf...

O ie, y penwythnos nesaf – dwi heb gael cyfle i sôn... Fydda i ddim yn dod i'r ysbyty i dy weld di, yn anffodus, Lleu. Mae Mam a Dad wedi trefnu 'mod i'n mynd i aros at Anti Caryl ac Wncwl Dewi yng Nghaerdydd am y penwythnos. Maen nhw wedi cynnig i fi fynd sawl tro ers mis Ionawr ond dwi wedi gwrthod bob tro hyd yn hyn. Fedrwn i byth fod wedi ystyried peidio â dod i dy weld di er mwyn galifantio i Gaerdydd am y penwythnos! A beth bynnag, fedrwn i ddim dychmygu mynd ar fy mhen fy hun atyn nhw. Er 'mod i'n adnabod Anti Caryl ac Wncwl Dewi yn hen ddigon da, wrth gwrs, ac er 'mod i'n hoff iawn o Math a Sioned, dwi erioed wedi bod i aros atyn nhw hebddot ti a Mam a Dad (a dweud y gwir, dwi erioed wedi aros yn *unman* hebddoch chi!). Ond fe ddaeth gwahoddiad gan Anti Caryl eto ychydig wythnosau 'nôl ac fe berswadiodd Dad a Mam fi, erbyn y diwedd, y byddai'n syniad da i fi fynd. (Er, doedd Mam ddim yn rhy siŵr o'r syniad chwaith ar y dechrau. Dwi'n meddwl bod arni ofn gadael i fi fynd, rhag i rywbeth gwael ddigwydd i fi, fel ddigwyddodd i ti.)

"Sdim angen i ti boeni, Alys, wir," fe glywais i Dad yn trio dwyn perswâd arni. "Allwn ni ddim rhwystro Cain rhag neud pethe am byth, jyst achos yr hyn ddigwyddodd i Lleu. Dyw hynny ddim yn deg... Ac ma Lleu gyment gwell erbyn hyn – wneith e ddim gwahaniaeth nad yw'r tri ohonon ni gyda fe, jyst am un penwythnos. Fe wneith les mawr i Cain..."

Yn y diwedd fe gytunodd Mam, ac fe gytunais innau hefyd, er 'mod i'n difaru, nawr fod yr amser yn agosáu! Beth os bydda i'n hiraethu, ac eisiau mynd adre ganol nos? Sut fyddwn i'n teimlo pe bai rhywbeth yn digwydd i ti fan hyn tra 'mod i i ffwrdd? Beth os bydda i'n casáu pob eiliad o fod mewn dinas ddieithr ar fy mhen fy hun bach? (Dwi'n gwybod 'mod i'n gor-ddweud nawr – dyw Caerdydd ddim wir yn ddieithr i fi, a fydda i ddim ar fy mhen fy hun bach. Ond fyddi di ddim yno, Lleu, i wneud yn siŵr 'mod i'n iawn, fel rwyt ti wastad wedi bod. Dyna fydd fwyaf rhyfedd.)

Mae'r trefniadau wedi'u gwneud erbyn hyn, beth bynnag, felly does dim pwynt meddwl rhagor. Bydd Dad yn fy ngyrru i gwrdd ag Wncwl Dewi yn Llanelwedd nos Wener (cyn parhau â'i siwrnai fan hyn i Lerpwl), a bydd Wncwl Dewi'n fy ngyrru 'nôl i Lanelwedd o Gaerdydd i gwrdd â Dad nos Sul. O, dwi'n teimlo'n swp sâl wrth feddwl am y peth, Lleu! Gobeithio 'mod i'n gwneud y peth iawn. Mae rhan ohona i *eisiau* mynd, ond eto... Mae gyda fi bump diwrnod i newid fy meddwl!

Iawn, mae'n bryd i ni ei throi hi am adre, Lleu, gan fod siwrnai hir ar hyd y draffordd yn y glaw o'n blaen ni. Mae hi'n bryd i ti fynd i'r gwely hefyd. Gobeithio y cei di well cwsg heno, achos mae golwg wedi blino'n lân arnat ti. Wela i di ymhen pythefnos (neu ymhen wythnos, falle, gewn ni weld...!).

Rhesymau o blaid mynd i Gaerdydd:

- Mae Anti Caryl wedi cynnig i fi fynd, a byddai'n ddigywilydd gwrthod.
- Byddai'n braf treulio amser gyda Math a Sioned.
- Byddai'n neis mynd i Gaerdydd (dwi ddim wedi bod yno ers tro).
- Byddai'n braf cael meddwl am rywbeth arall heblaw'r hyn sy'n digwydd ar yr uned, am un penwythnos bach...

Rhesymau yn erbyn mynd i Gaerdydd:

- Byddwn yn gweld dy eisiau di. YN FAWR IAWN!
- Byddwn yn gweld eisiau Mam a Dad.
- Byddwn yn teimlo'n euog am beidio â dod i dy weld di, yn enwedig gan nad wyt ti'n gallu gadael yr ysbyty ar hyn o bryd.
- Byddwn yn teimlo'n nerfus ac yn swil.
- Dwi'n methu'n lân â meddwl am reswm arall ar hyn o bryd, Lleu, ond dwi'n siŵr bod mwy...!

Nos da, Lleu. Gobeithio na chei di ragor o freuddwydion cas heno xx

Cysgu.

Deffro.

Cysgu a deffro.

Deffro'n chwys oer.

Cysgu eto. Breuddwydio…

Cofio…

"*Bydd rhaid i ti ddechre camu 'nôl tamed bach, cariad… gadael i Cain ofalu amdani hi ei hun ychydig mwy…*"

Beic. Dau feic – un i fi, un i Cain.

Canu. Canu Calennig…

"*Gad iddi fod yn fwy annibynnol, i fagu ychydig o hyder, ac i beidio â bod yn dy gysgod di drwy'r amser. Er ei lles hi…*"

Aros ac aros ac aros.

"*Dere mlân, Cain!*"

Pedlo.

Rhiw serth.

Pedlo'n wyllt.

Pedlo a phedlo a phedlo…

Eira.

Teimlo'n oer, oer.

Eira gwyn, gwyn ar y coed a'r cloddiau a'r caeau, fel siwgwr eisin.

Eira gwyn, gwyn yn neud dolur i'n llyged i.

Pedlo a phedlo a phedlo…

Canu. Canu Calennig…

"*Dere, dim ond un waith eto, gan taw hon yw'ch blwyddyn ola chi yn yr ysgol gynradd, ocê? Fydd dim rhaid i chi wneud y flwyddyn nesa, dwi'n addo…*"

Pedlo a phedlo a phedlo...
Chwysu. Pen yn dost. Helmed yn dynn...
Rhiw serth.
Pedlo'n wyllt.
Pedlo a phedlo a phedlo...
Ac yna... dim.
Dim byd.
Deffro.
Deffro'n chwys oer.
Pobman yn dywyll.
Dim byd.
Dim ond tywyllwch.

Dydd Sul, Mehefin yr 21ain

Wel, fel y gweli di, Lleu, mae pythefnos ers i fi sgrifennu yn y dyddiadur, felly do, fe es i i Gaerdydd yn y diwedd! Roeddwn i rhwng dau feddwl tan y nos Iau cyn mynd, ac yn trafod yr un hen ddadleuon yn fy mhen i drwy'r amser. Roeddwn i'n ysu am gael dy weld di yn fwy na dim, Lleu, ac i glywed am dy hanesion di yn ystod yr wythnos. Roedd meddwl am beidio â dod i Lerpwl am wythnos arall yn anodd. Ond, yn y diwedd, gallwn weld bod Anti Caryl yn llygad ei lle – byddai dau ddiwrnod bant yn rhywle hollol wahanol yn gwneud lles i fi, siŵr o fod. Ac roedd Dad yn llygad ei le hefyd – fyddai e ddim yn gwneud gwahaniaeth mawr, am un penwythnos bach, nad oeddwn i gyda ti yn yr ysbyty (er, yn dawel fach, roeddwn i'n gobeithio y byddet ti'n gweld fy eisiau i'n fawr!).

A ti'n gwybod beth, Lleu? Dwi'n falch iawn i fi fynd! O'r funud y cyrhaeddais i eu tŷ nhw ar y nos Wener, fe roddodd Anti Caryl ac Wncwl Dewi a Math a Sioned gymaint o groeso i fi. Roedd Anti Caryl wedi paratoi swper hyfryd (*lasagne* cartref a bara garlleg – iym!), ac fe gawson ni aros ar ein traed yn weddol hwyr er mwyn i Math gael dangos ei iPad newydd i fi. Fe fyddet ti wrth dy fodd â fe, Lleu, a dwi wedi sôn wrth Mam a Dad yn barod y dylen nhw gael un i ti. Roedd e mor hawdd i'w ddefnyddio ac yn gallu gwneud cymaint o wahanol bethau, choeliet ti ddim. Byddai'n haws i ti ei ddeall a'i ddefnyddio na'r gliniadur, dwi'n siŵr – roeddwn i, hyd yn oed, yn ei ddeall heb ormod o drafferth. (Ha!

Fi yn dy ddysgu *di* am bethau cyfrifiadurol, Lleu – dyna beth yw jôc, ti'm yn meddwl?!)

Beth bynnag... Ddydd Sadwrn, ar ôl cael brecwast mawr, fe dreulion ni'r diwrnod lawr ym Mae Caerdydd, gan ymweld â sawl lle roeddwn i wedi bod iddyn nhw o'r blaen, pan fuon ni'n aros gyda Math a Sioned ryw wyliau haf. Canolfan y Mileniwm, yr Eglwys Norwyaidd, y ganolfan bowlio deg (fe gollais i'n rhacs yn erbyn Math a Sioned ac Wncwl Dewi ym mhob gêm!). Fe gawson ni ginio hyfryd, cyn treulio'r prynhawn yng nghanolfan Techniquest. Roeddet ti yn dy seithfed nef pan fuest ti yno o'r blaen, Lleu, dwi'n cofio'n iawn – ddim yn gwybod ble i droi! Roeddwn i'n gweld y cyfan braidd yn ddiflas y tro cyntaf i fi fynd, ond fe wnes i fwynhau tipyn mwy y tro 'ma, rhaid i fi gyfaddef. Dwi'n meddwl bod darllen dy lyfrau gwyddoniaeth di wedi ysgogi rhyw ddiddordeb newydd mewn pethau o'r fath yndda i mwyaf sydyn! Rhaid i ni fynd nôl 'na eto, pan fyddi di'n ddigon da, Lleu – RHAID i ni!

Ar ôl Techniquest, dyma ni'n mynd draw i'r pwll nofio enfawr sydd newydd agor yn y Bae. Doeddwn i ddim yn siŵr oeddwn i am fynd – dwi ddim yn dda iawn am nofio a dwi ddim wir yn mwynhau bod mewn dŵr (ti oedd y nofiwr wedi'r cyfan, Lleu!). Ond roeddwn i'n teimlo braidd yn ddigywilydd yn dweud wrth Anti Caryl nad oeddwn i am fynd, ar ôl iddi drefnu'r cyfan. A beth bynnag, roedd Math a Sioned yn edrych ymlaen cymaint. A ti'n gwybod beth? Fe wnes i fwynhau! Fe fues i'n sefyll yn ansicr ar yr ochr am sbel hir, cofia, gan wylio'n llawn edmygedd wrth i Math a Sioned ddeifio'n ddibryder i'r pen dwfn. Allwn i byth wneud hynny! Fe lwyddodd Sioned i 'mherswadio i, yn y diwedd, i ymuno â hi i fynd ar y llithren enfawr oedd yn troi a throelli – gan fynd yr holl ffordd y tu allan i'r adeilad hyd yn oed – cyn glanio 'nôl ym mhen bas y pwll. Roedd fy nghoesau'n crynu fel jeli wrth ddringo'r grisiau i ymuno â'r ciw hir, a'r ieir bach yr haf yn troi a throsi'n wyllt yn fy stumog. Ac wrth sefyll yno'n cnoi fy ewinedd yn bryderus, gan amau oeddwn i'n mynd i allu gwneud neu beidio, beth glywais i yn fy mhen ond dy lais di'n sibrwd, Lleu, fel roeddet ti wastad yn arfer gwneud:

"Dere mlân, Cain, ti'n gallu neud hyn! Bach o hyder sydd angen! Dere mlân."

A wir i ti, Lleu, roeddet ti'n iawn! Roeddwn i *yn* gallu gwneud! Ac unwaith i fi fynd y tro cyntaf, doedd dim stop arna i wedyn – ac fe es i ar fy mhen fy hun, heb Sioned, sawl tro hefyd. Rhaid 'mod i wedi mynd lawr y llithren o leiaf ddwsin o weithiau cyn i Anti Caryl alw arnon ni i ddweud ei bod hi'n bryd mynd adre. Dwsin o weithiau, Lleu – alli di gredu?! Doeddwn i ddim eisiau gadael erbyn hynny! Roedd y wefr o lithro o un ochr i'r llall, a throi rownd a rownd a rownd cyn glanio'n bendramwnwgl yn y dŵr, yn grêt! Ac fe sylweddolais i rywbeth pwysig arall hefyd – does dim pwynt bod ofn trio pethau newydd, achos weithiau mae'n llesol gwneud pethau sydd y tu hwnt i'n *comfort zone* ni (doeddwn i byth bythoedd yn meddwl y byddwn i'n cyfaddef rhywbeth fel'na!).

Dwi am drio cofio hynny o hyn ymlaen. Ie, hyder sydd ei angen – mae'n anodd credu'r gwahaniaeth mae'r mymryn lleiaf o hwnnw yn gallu ei wneud!

Fe aethon ni i'r sinema ar y nos Sadwrn, a chael bocs anferthol o bopcorn yr un (chwarae teg i Anti Caryl, fe sbwyliodd hi fi'n rhacs!). Cofia, fedrwn i ddim peidio â theimlo'n euog 'mod i'n cael amser grêt, a tithau'n styc yn yr ysbyty. Ond eto, roeddwn i'n gwybod – heb swnio'n rhy sopi – fod rhan ohonot ti yno gyda fi, a 'mod i'n gwneud yr holl bethau 'na er ein mwyn ni'n dau. Roeddwn i hefyd yn gwybod y byddet ti'n falch iawn ohona i, Lleu, pe baet ti'n gallu fy ngweld i.

Fe ges i fenthyg dy gamera digidol di er mwyn tynnu lluniau tra 'mod i yng Nghaerdydd, ac fe ges i hwyl yn dangos rhai o'r lluniau i ti a Mam a Dad ar ôl cyrraedd yma nos Wener. Roeddet ti wrth dy fodd yn edrych arnyn nhw, ac roeddwn i'n amau, o ystyried dy ymateb di i ambell lun, dy fod yn cofio – rywle ymysg y ddrysfa o atgofion yn dy ben di – i ti fod yn rhai o'r llefydd dy hun, amser maith yn ôl. Dwi'n hoffi meddwl hynny, beth bynnag.

Felly, Lleu, dyna hanes fy mhenwythnos i yng Nghaerdydd. Fe gest tithau bythefnos prysur hefyd, o'r hyn dwi'n ei ddeall, rhwng dy sesiynau therapi amrywiol di a'r ffaith dy fod ti a Joe wedi cael mynd lawr i'r ardd sawl tro i ymarfer cicio pêl-droed gan ei bod hi'n braf. Ac fe fuoch chi'n brysur iawn yn ffilmio ffilm ddogfen fer gan ddefnyddio camera digidol Joe a rhaglen olygu ar dy liniadur di, gyda help Erin, fel rhan o waith y sesiynau iaith a lleferydd. Ffilm ddogfen am fywyd yn yr uned yw hi, yn cynnwys cyfweliadau byr gyda rhai o'r cleifion eraill a'r staff, ac ambell foment ddoniol iawn hefyd! R'ych chi'ch dau yn gyfarwyddwyr o fri, Lleu, ac fe wnaethon ni i gyd fwynhau gwylio'r fersiwn derfynol mewn dangosiad arbennig yn y lolfa yn gynharach y prynhawn 'ma. Bydd y ffilm yn rhywbeth i ti – a ni – ei drysori am byth.

Ond fe gest ti newyddion a'th ysgydwodd di braidd ddoe. Mae'r doctoriaid wedi penderfynu, ar ôl tipyn o asesu, fod Joe yn ddigon da i adael yr Uned Niwroleg a'i fod e'n cael mynd adre i Gaer ymhen rhyw bythefnos. Dwi'n gwybod bod hyn wedi dod fel tipyn o sioc i ti, Lleu. Ond roedden ni i gyd yn ymwybodol nad oedd anaf Joe mor wael â dy un di ac nad oedd angen rhaglen adfer mor ddwys arno fe. Roedden ni'n sylweddoli hefyd y byddai e'n barod i adael yr uned o dy flaen di, ac y byddai'n rhaid wynebu hynny maes o law.

Ond er ein bod ni'n falch dros Joe a'i deulu, r'yn ni'n sylweddoli y bydd hi'n rhyfedd iawn i ti yma hebddo fe. Mae 'na blant a phobl ifanc eraill yma, wrth gwrs, ond does neb arall sydd yr un oed yn union â ti, fel Joe, a neb sydd â diddordebau a phersonoliaeth mor debyg. Mae hynny'n sicr wedi bod yn help mawr i ti setlo yma.

Ac mi fydda i'n gweld eisiau Kelly, chwaer Joe,

hefyd, rhaid i fi gyfaddef. Er nad ydw i'n ei gweld hi dim ond ar benwythnosau, mae hi'n ffrind da erbyn hyn. Fy ffrind arbennig i...

Mae sylweddoli bod Joe yn cael gadael wedi gwneud i ni feddwl tipyn amdanat ti, Lleu. Pa mor hir fyddi di yma eto? I ble fyddi di'n mynd o fan hyn? Beth fydd yn digwydd wedi hynny? Dwi'n gwybod bod Mam a Dad wedi bod yn trafod hynny'n hir dros y penwythnos. Rwyt ti wedi dod yn dy flaen mor dda ond eto... Dechrau'r daith yw hyn, mewn gwirionedd.

O ie, cyn i fi orffen, bron i fi anghofio sôn bod Math a Sioned yn ddiolchgar iawn i ti am dy lythyr. Roedd Gethin ac Efan yn gyffrous iawn pan roddais i'r llythyron iddyn nhw yn yr ysgol hefyd, a dwi'n siŵr y byddan nhw'n dy ateb di cyn hir. Ond fe ges i ychydig bach o siom yn ymateb Tommy pan roddais i dy lythyr iddo fe. Fe gymerodd e'r amlen gen i gan edrych braidd yn anghyfforddus, a mwmian rhywbeth yn dawel ynglŷn â'i "ddarllen e wedyn". Dyw e ddim wedi dweud gair am y peth ers hynny! Braidd yn rhyfedd, ti ddim yn meddwl, Lleu? A chithau'n gymaint o ffrindiau, ac ar ôl iddo fe anfon cerdyn mor neis atat ti. Mae Tommy wedi bod yn ymddwyn braidd yn rhyfedd ar sawl achlysur yn ddiweddar a dwi ddim cweit yn ei ddeall e. Ti'n cofio fi'n sôn am y Ffair Calan Mai? A'r ffaith ei fod e'n colli cymaint o ysgol? Mae e fel petai'n trio'i orau i bellhau oddi wrth bawb...

Wel, mae gyda fi ddau ddiwrnod mawr o 'mlaen

i yr wythnos hon, Lleu – y ddau ddiwrnod Pontio yn yr ysgol uwchradd! Bore fory, fydd Dad ddim yn fy ngollwng i wrth glwyd ysgol y pentre – bydda i'n dal y bws er mwyn teithio i'r ysgol fawr yn y dre. Alli di ddychmygu pa mor nerfus dwi'n teimlo wrth feddwl am hynny? Ysgol newydd, cant a mil o wynebau newydd, *bywyd newydd*... a hynny i gyd hebddot ti wrth fy ymyl i. Fyddwn i byth bythoedd wedi dychmygu, chwe mis yn ôl, y byddwn i'n gorfod wynebu'r dyddiau Pontio ar fy mhen fy hun, Lleu. Nac y byddwn i'n *gallu* eu hwynebu nhw ar fy mhen fy hun. Ti oedd i fod i wneud yn siŵr 'mod i'n dod i adnabod fy ffordd o gwmpas yr adeiladau dryslyd, 'mod i'n deall yr amserlen, 'mod i'n cofio'r llyfrau cywir ar y diwrnodau cywir... Ti oedd i fod i wneud yn siŵr nad oedd neb yn gas i fi ar y bws nac yn gwthio o 'mlaen i yn y ciw cinio... Ti oedd i fod i ddod ataf i bob hyn a hyn, jyst i tsiecio 'mod i'n iawn, â gwên garedig a winc ddeallgar – "Ti'n ocê, Cain?" – cyn mynd 'nôl at y bechgyn i chwarae pêl-droed.

Na, fyddi di ddim gyda fi fory, Lleu, a does dim yn y byd y galla i wneud am hynny. Dim ond trio 'ngorau i fwynhau'r profiadau newydd, a chofio bod popeth dwi'n ei wneud o hyn ymlaen – fel y trip i Gaerdydd at Anti Caryl ac Wncwl Dewi – er ein mwyn ni'n dau. A ti'n gwybod beth, Lleu? Er mor wirion mae hyn yn swnio, dwi'n meddwl bod cymaint o'r pethau sydd wedi digwydd i fi yn ddiweddar wedi gwneud byd o les i fi, mewn ffordd ryfedd. Hynny, a chlywed dy eiriau di yn fy nghlust i bob nawr ac yn y man:

"Dere mlân, Cain, ti'n gallu neud hyn! Bach o hyder sydd angen!"

Ie, hyder, ti'n iawn, Lleu. Mae unrhyw beth yn bosib o gael hyder. Bydda i'n cario'r geiriau yna gyda fi i bobman dwi'n mynd o hyn ymlaen, dwi'n addo xx

Math a Sioned, Anti Caryl, Wncwl Dewi.

Tŷ mawr, braf yng Nghaerdydd.

"Dyma fi a Math yn eistedd ar y soffa yn eu stafell fyw nhw, jyst ar ôl i fi gyrraedd nos Wener..."

Syllu ar y llun. Meddwl a meddwl. Trio cofio...

Soffa fawr ledr, goch – oer i eistedd arni. Math a fi yn fach, yn llawn drygioni... Cael stŵr am neidio arni, fel trampolîn... Gan bwy? Anti Caryl? Wncwl Dewi? Ddim yn siŵr, methu cofio...

"Dyma ni'n cael swper wrth y bwrdd yn y stafell fwyta. Fan hyn o'dd parti pen-blwydd Anti Caryl yn bedwar deg ym mis Medi y llynedd. Fe gafodd hi ddathliad mawr i'r teulu i gyd, ti'n cofio, Lleu?"

Syllu a syllu, meddwl a meddwl...

Parti? Anti Caryl? Pedwar deg? Trio meddwl, trio cofio, trio 'ngore...

Cau'n llyged yn dynn, dynn.

Bwrdd mawr derw. Carped brown, cyrtens hufen...

Brechdanau a chreision, balŵns a chwerthin. Cacen enfawr â phedwar deg o ganhwyllau, a'r golau wedi'i ddiffodd...

"Pen-blwydd hapus, Anti Caryl!"

Meddwl a meddwl...

Cofio... Cofio'r gacen a'r canu a'r balŵns a'r cyrtens hufen, a fflamau llachar y canhwyllau yn y stafell dywyll...

Cofio!

*

"Dyma Math a Sioned a fi o flaen Canolfan y Mileniwm. Ma fe'n adeilad ffantastig, yn dyw e, Lleu? Fe fuon ni'n aros yno gyda'r ysgol, yng Ngwersyll yr Urdd, ym Mlwyddyn 5..."

Canolfan y Mileniwm... llythrennau a ffenestri ym mhobman... adeilad mawr, ffantastig...

Cain a Math a Sioned, gwenu'n braf...

A fi? Ym Mlwyddyn 5? Meddwl a meddwl, syllu a syllu. Syllu ar y llun, syllu ar yr adeilad...

Cau'n llyged yn dynn, dynn...

Meddwl a meddwl, trio cofio, trio 'ngore...

Canolfan y Mileniwm, Gwersyll yr Urdd...

Dros Gymru, dros gyd-ddyn, dros Grist...

Fi a Tommy a Gethin ac Efan...? Rhannu stafell, yng Ngwersyll yr Urdd...

Efan a Tommy ar y byncs top, Gethin a fi ar y gwaelod...

Gwledd ganol nos, chware tricie ar ein gilydd, dim lot o gwsg! Chwerthin a chwerthin a chwerthin...

Fi a Tommy a Gethin ac Efan... ffrindie mawr...

Clais cas gan Tommy – bwrw'i fraich wrth ddringo lawr o'r byncs ganol nos, medde fe. Clais cas. Druan â Tommy...

Cofio... Fi a Tommy a Gethin ac Efan... Gwersyll yr Urdd, Canolfan y Mileniwm, Blwyddyn 5...

Cofio!

★

"Dyma fi, Anti Caryl ac Wncwl Dewi y tu allan i'r Eglwys Norwyaidd yn y Bae. Math dynnodd y llun. Ti'n cofio ni'n mynd 'na gyda Mam a Dad rhyw dro, Lleu? Ro't ti ar ganol neud prosiect i Miss Llywelyn am dy hoff awdur di, Roald Dahl. Fan hyn gafodd e'i fedyddio…"

Syllu a syllu, meddwl a meddwl…

Yr Eglwys Norwyaidd. Adeilad pren, gwyn fel eira. Baner goch a glas a gwyn. Baner… Norwy?

Fi a Mam a Dad a Cain? Prosiect i Miss Llywelyn? Meddwl a meddwl a meddwl, trio cofio…

Roald Dahl… geni yng Nghymru, teulu o Norwy…

Meddwl a meddwl, trio 'ngore…

Cau'n llyged yn dynn, dynn…

Roald Dahl… dros 20 o lyfrau i blant…

Charlie and the Chocolate Factory; Danny, the Champion of the World…

Caru Roald Dahl…!

Cofio… cofio Dad yn holi o hyd: "Pryd gafodd Roald Dahl ei eni, Lleu?", "Beth yw enw prifddinas Norwy, Lleu?", "Beth yw poblogaeth Norwy, Lleu?", "Beth yw prif ddiwydiant Norwy erbyn heddiw, Lleu…?".

Cofio Dad yn holi, a finne'n ateb, yn gywir bob tro.

Meddwl a meddwl, trio 'ngore i gofio'r atebion… ond methu. Ddim heddi…

Methu meddwl mwy, methu cofio mwy…

Wedi blino. Wedi blino'n lân.

Ond cofio'r Eglwys Norwyaidd, yn wyn fel eira. Cofio Roald Dahl. Cofio'r prosiect i Miss Llywelyn. Cofio Caerdydd…

Cofio!

Dydd Sadwrn, Mehefin y 27ain

Wel, dwi 'nôl, Lleu, a do, fe wnes i oroesi'r dyddiau Pontio! A ti'n gwybod beth? Fe wnes i eu mwynhau nhw yn fwy o lawer nag oeddwn i'n ddisgwyl! Dwi wedi bod yn ysu eisiau sôn wrthot ti amdanyn nhw ers nos Fawrth, ond mae cymaint i'w ddweud, dwi ddim yn siŵr iawn ble mae dechrau!

Pan gamais i ar y bws fore dydd Llun, fe sylwais i'n syth fod Nerys a Betsan a Lisa wedi cadw lle i'w gilydd yn agos i'r cefn, a doedd dim lle i fi eistedd gyda nhw. Fe eisteddais i ar fy mhen fy hun yn y blaen, ond pwy ddaeth i eistedd gyda fi pan gafodd e'i gasglu wrth y groesffordd ymhen ychydig, chwarae teg iddo fe, ond Tommy (mae e *yn* un anodd i'w ddeall, Lleu!). Dwi'n meddwl ei fod e'n sylweddoli pa mor rhyfedd y gallai'r ddau ddiwrnod fod i fi hebddot ti, ac roedd e'n falch o 'nghwmni i hefyd, erbyn meddwl, gan fod Efan a Gethin yn eistedd gyda'i gilydd ac yn cymryd fawr ddim sylw ohono fe. Roedd e'n ddigon cyfeillgar gydol y daith i'r dre, ond eto... Mae 'na rywbeth anniddig amdano fe – fel pe bai e ar bigau'r drain o hyd. Mae'n siŵr ei fod e'n nerfus am y dyddiau Pontio hefyd, cofia.

Beth bynnag... Dyma ni'n cyrraedd yr ysgol uwchradd, a'r peth cyntaf oedd angen i ni wneud oedd mynd i'r neuadd er mwyn cael ein croesawu gan y prifathro. Fe ddilynodd Tommy a fi bawb arall cyn cyrraedd stafell ANFERTHOL O FAWR lle roedd môr o wynebau yn aros amdanon ni. Wrth i fi gerdded i mewn, fy nwylo a 'nghefn i'n chwys domen, y cyfan roeddwn i'n ei glywed oedd dy lais di yn fy nghlust i, Lleu:

"Dere mlân, Cain, ti'n gallu neud hyn! Bach o hyder sydd angen!"

Ar ôl i'r prifathro siarad, fe gawson ni ein rhannu i'n dosbarthiadau cofrestru. Bydd pedwar dosbarth cofrestru pan fyddwn ni ym Mlwyddyn 7 – 7T, 7Ll, 7D a 7P – ac mae'r plant o'r holl ysgolion cynradd gwahanol wedi'u rhannu rhyngddyn nhw'n weddol gyfartal. Fe gafodd Tommy a finnau ein rhoi yn nosbarth 7D, a'n hathro cofrestru ni ym mis Medi fydd Mr Davies (sef un o athrawon Addysg Gorfforol yr ysgol. Roeddwn i'n meddwl y byddet ti'n gwerthfawrogi'r eironi yn hynny, Lleu – o ystyried cymaint dwi'n casáu ymarfer corff o unrhyw fath! Ond mae Mr Davies yn glên iawn, chwarae teg.). Does neb arall o Ysgol Gynradd Llwyncelyn yn ein dosbarth cofrestru ni – dim Efan na Gethin na'r merched chwaith. Roeddwn i'n reit falch o hynny, a bod yn onest, ac yn edrych ymlaen at gael cwrdd â merched newydd o ysgolion gwahanol. Dwi erioed wedi bod yn ffrindiau mawr gyda Nerys na Lisa na Betsan, wedi'r cyfan.

A ti'n gwybod beth, Lleu? Fe fues i'n lwcus. Fe ddechreuais i siarad â dwy ferch – Gwenno a Sara – yn syth, wrth i Mr Davies ein harwain ni o'r neuadd i'n dosbarth cofrestru ni. Roedd y ddwy wedi dod ar eu pennau eu hunain o ysgolion bach iawn yn y wlad, felly doedden nhw'n adnabod neb – neb o gwbl! Fyddwn i byth bythoedd wedi bod â'r hyder i siarad â dwy ferch hollol ddieithr fel'na ychydig fisoedd yn ôl, Lleu. Fe wnes i fy synnu fy hun, ac roedd gen i deimlad yn syth fod Gwenno a Sara a fi'n mynd i fod yn ffrindiau da. Er, falle 'mod i wedi mwydro ychydig bach wrth gwrdd â nhw gyntaf, fel dwi'n dueddol o wneud pan dwi'n nerfus, ond dwi ddim yn meddwl iddyn nhw sylwi. Roedden nhw'n gyfeillgar iawn beth bynnag.

Fe eisteddais i gyda Gwenno a Sara yn y gwersi drwy'r bore. Fe driais i wneud yn siŵr fod cwmni gyda Tommy hefyd – wedi'r cyfan, doedd e'n adnabod neb ond fi yn ein dosbarth cofrestru ni, a doeddwn i ddim eisiau iddo fe fod ar ei ben ei hun chwaith. Dwi'n meddwl ei fod e'n iawn – roedd e wedi mynd i eistedd at griw o fechgyn ac roedden nhw'n edrych fel pe baen nhw'n cael hwyl. Er, fe sylwais i taw Saesneg roedden nhw'n siarad â'i gilydd – bydd hi'n drueni os na fydd Tommy'n parhau i siarad Cymraeg ar ôl iddo fe lwyddo i ddysgu cystal wedi symud i Lwyncelyn.

Beth bynnag, fe gawson ni ddiwrnod yn llawn gwersi amrywiol ar y dydd Llun. Wel, dwi'n dweud 'gwersi', ond sesiynau anffurfiol oedden nhw – cyfle i ni gael blas ar rai o'r pynciau y byddwn ni'n eu hastudio ym mis Medi, a chyfle i gwrdd â rhai o'r athrawon. Roedd symud o un stafell ddosbarth i'r llall yn yr adeilad anferth yn ddryslyd iawn i gychwyn – ond roedd Gwenno a Sara'n gwmni i fi, ac roedd hynny'n help mawr.

Y wers gyntaf gawson ni ddydd Llun oedd Cymraeg, ac roedd yn rhaid i ni sgrifennu hunanbortread, gan sôn am ein teulu a'n ffrindiau a'n diddordebau ni. Roeddwn i wrth fy modd, Lleu, fel y galli di ddychmygu – cyfle i sgrifennu a sgrifennu'n rhydd! Ond roedd hynny'n rhyfedd hefyd – sôn wrth rywun newydd sbon amdana i, ac amdanat ti, yr hyn sydd wedi digwydd i ti a'r rheswm pam nad oeddet ti yno yn sgrifennu dy hunanbortread dy hunan.

Maths oedd wedyn (ie, Maths – ych a fi!), ond doedd y wers ddim hanner mor wael ag oeddwn i wedi'i ofni. Chwarae gêmau fuon ni'n ei wneud fwyaf (dwi'n siŵr y bydd y gwaith dipyn anoddach erbyn mis Medi!), a byddet ti wedi bod wrth dy fodd yn chwarae'r gêmau adolygu tablau, yn enwedig. Roedd gofyn bod yn gyflym iawn wrth ateb – roeddwn i'n anobeithiol! Bydd rhaid i fi ddangos i ti sut i chwarae ambell gêm pan gawn ni gyfle.

Fe gawson ni amser egwyl wedyn ('amser egwyl' maen nhw'n dweud yn yr ysgol uwchradd, Lleu, ddim 'amser chwarae'), ac am y tro cyntaf ers i fi allu cofio, wnes i ddim eistedd ar fy mhen fy hun yn y gornel yn gwylio pawb arall yn chwarae a sgwrsio a chael hwyl. Roedd gen i fy ffrindiau fy hun yn gwmni am y tro cyntaf erioed – Gwenno a Sara – ffrindiau roeddwn i wedi eu gwneud ar fy mhen fy hun hefyd. Roedd hynny'n deimlad braf.

A ti'n gwybod beth, Lleu? R'yn ni'n cael defnyddio'r ffreutur amser egwyl yn yr ysgol uwchradd – ffreutur sy'n gwerthu tost ffresh a menyn yn diferu ohono fe! Hyfryd! Mae'r ffreutur, fel popeth arall yn yr ysgol, yn ENFAWR.

Fe gadwais i lygad am Tommy yn ystod amser egwyl, ac roedd e'n edrych yn ddigon hapus, yn chwarae pêl-droed gyda'r criw o fechgyn o'n dosbarth cofrestru ni (dwi ddim yn meddwl i fi ei weld e gyda Gethin ac Efan o gwbl). Roeddwn i'n falch gweld ei fod e'n iawn, Lleu, ac yn gwybod y byddet ti'n falch, hefyd.

Ar ôl amser egwyl fe gawson ni wers Wyddoniaeth. Fel arfer fe fyddai hynny wedi fy niflasu'n llwyr, ond ar ôl bod yn dy helpu di i ailddysgu ffeithiau gwyddonol am Gysawd yr Haul a'r corff ac ati, dwi wedi dod i sylweddoli nad yw'r pwnc hanner mor ddiflas ag oeddwn i'n credu. Roedd y wers hon yn grêt, beth bynnag! Mr Rhydderch oedd enw'r athro, Lleu, ac roedd e'n dipyn o gymeriad! Fe gawson ni arbrofi gyda llosgydd Bunsen a phopeth! Fe fyddet ti'n gwirioni pe baet ti'n gweld yr holl offer sydd yn labordai'r ysgol uwchradd!

Roedd hi'n amser cinio wedyn, a chredet ti fyth faint o ddewis o wahanol fwydydd oedd yn y ffreutur (na faint o giw chwaith!). Pitsa ham a phinafal a sglodion ges i ac roedd e'n fendigedig, Lleu (gwell na bwyd yr ysbyty, a gwell na bwyd Ysgol Llwyncelyn hyd yn oed – ac mae hynny'n dipyn o gamp!). Roedd Gwenno a Sara'n gwmni grêt yn ystod yr awr ginio – mae'r ddwy mor hawdd i siarad â nhw. Dwi methu credu pa mor gyfforddus roeddwn i'n teimlo yn eu cwmni nhw, yn syth bìn. Ar ôl bwyta fe dreulion ni weddill yr amser cinio yn crwydro o gwmpas campws yr ysgol, er mwyn trio cael rhyw fath o syniad o leoliad gwahanol stafelloedd a dosbarthiadau. Fe aethon ni ar goll sawl tro! Ond roedd y tair ohonon ni gyda'n gilydd, ac fe gawson ni sbort, felly doedd dim ots.

Roedd tair gwers yn y prynhawn, a dwbwl Celf

oedd yn syth ar ôl cinio. Dwi'n siŵr nad oes angen i fi ddweud, Lleu, ond o, fe wnes i fwynhau! Fe gawson ni gyfle i wneud gwaith argraffu ar beiriannau arbennig sydd yn y stafell gelf, ac fe ddywedodd yr athrawes, Mrs Ifans, fod gyda fi dalent arbennig am weddu lliwiau gyda'i gilydd. Roedd hi – a fi – yn hapus iawn gyda'r gwaith gorffenedig. Alla i wir ddim aros i ddechrau'r gwersi Celf go iawn ym mis Medi.

Yn ystod y wers olaf fe gawson ni gyfle i fynd i lyfrgell yr ysgol er mwyn dod i ddeall y drefn wrth fenthyg llyfrau oddi yno. Roedd cannoedd ar gannoedd o lyfrau yno, Lleu – bron cymaint â llyfrgell y dre, dwi'n siŵr. Silffoedd a silffoedd yn llawn dop o deitlau o bob lliw a llun.

Roeddwn i wedi blino'n lân erbyn hanner awr wedi tri! Wrth gerdded i ddal ein gwahanol fysys adre, fe drefnodd Gwenno a Sara a fi i gwrdd â'n gilydd wrth y brif fynedfa fore trannoeth. Roeddwn i'n edrych ymlaen at hynny'n fawr, ac yn gwybod na fyddwn i hanner mor nerfus ag oeddwn i fore dydd Llun.

Fe eisteddais i gyda Tommy yn ystod y daith adre ar y bws, er mwyn trafod digwyddiadau'r dydd. Dwi'n meddwl ei fod e wedi mwynhau – roedd e'n sôn am ei ffrindiau newydd ac fe fuodd e'n siarad ychydig gydag Efan a Gethin cyn i'r bws gyrraedd y groesffordd. Cyn iddo fe gael ei ollwng, fe addawodd y byddai'n eistedd gyda fi eto yn y bore, chwarae teg.

Pan gyrhaeddais i adre, doeddwn i ddim yn disgwyl gweld unrhyw un (heblaw am Cadi, wrth gwrs!) gan fod Dad wedi trefnu gadael allwedd i fi oherwydd na fyddai e adre o'r gwaith tan bump o'r gloch. Ond fe ges i sioc a hanner wrth gerdded mewn trwy'r drws ffrynt. Pwy oedd yn sefyll yno, yn wên o glust i glust, ond... Mam! Roedd hi wedi dod yr holl ffordd o Lerpwl ar y trên, jyst er mwyn gweld sut aeth pethau "ar ddiwrnod mor bwysig i ti". Gallwn i fod wedi llefen – roeddwn i mor, mor hapus ei gweld hi! Roedd hi wedi gobeithio trefnu i ti ddod 'nôl gyda hi fel syrpréis hefyd, dim ond am noson, ond fe brofodd hynny'n amhosib yn y diwedd, yn anffodus, gan fod gyda ti sesiynau therapi pwysig nad oedd modd i ti eu colli ar y prynhawn dydd Llun a'r bore dydd Mawrth.

Beth bynnag... fe fues i wrthi drwy'r nos yn siarad fel pwll y môr gyda Mam – a Dad pan ddaeth e adre – am ddigwyddiadau'r dydd. Fe gafodd y ddau sioc 'mod i wedi mwynhau cymaint, dwi'n meddwl – alla i ddim eu beio nhw am boeni na fyddwn i'n setlo nac yn gwneud ffrindiau newydd, yn enwedig gan nad oeddet ti yno'n gefn i fi.

Felly, fore dydd Mawrth, dyna lle roeddwn i'n aros yn eiddgar ar sgwâr y pentre i'r bws gyrraedd. Roeddwn i hefyd yn cofio am fy nhrefniant i a Tommy i eistedd gyda'n gilydd, ac unwaith i'r bws gyrraedd fe gadwais i le iddo ar fy mwys i. Ond pan gyrhaeddodd y bws y groesffordd ar ben y rhiw, doedd dim golwg o Tommy. Doeddwn i ddim yn siŵr iawn beth i'w wneud – fedrwn i ddim gofyn i'r gyrrwr aros rhag ofn bod Tommy'n hwyr am ryw reswm... (Ac roeddwn i'n rhy swil i wneud hynny, beth bynnag.) Ond roedd y peth mor rhyfedd – roedd Tommy'n hollol iawn pan adawodd e'r bws y prynhawn cynt – dim arwydd ei fod e'n teimlo'n sâl na dim. Fe ddechreuais i boeni wedyn falle nad oedd e wedi mwynhau'r dydd Llun yn yr ysgol uwchradd gymaint ag oeddwn i'n meddwl. Falle'i fod e wedi'i chael hi'n anodd setlo a gwneud ffrindiau newydd, neu falle'i fod e wedi gweld chwith gan nad oedd e yn yr un dosbarth ag Efan a Gethin? Mynd yn ei flaen wnaeth y bws, a finnau'n poeni am Tommy gydol y daith i'r dre. Doedd e ddim yn yr ysgol pan gyrhaeddais i yno, ac fe ofynnodd Mr Davies i fi (ein hathro dosbarth ni – ti'n cofio, Lleu?) wrth gofrestru oeddwn i'n gwybod ei hanes e. Doedd dim sôn amdano drwy'r dydd wedyn – rhyfedd iawn.

Beth bynnag... Roedd Gwenno a Sara'n aros amdana i wrth brif fynedfa'r ysgol ac fe gerddon ni i'r neuadd yn barod i gychwyn ar ddiwrnod cyffrous arall. Ac oedd, roedd dydd Mawrth yr un mor brysur â dydd Llun. Fe gawson ni chwe gwers eto – Dylunio a Thechnoleg, Hanes a Daearyddiaeth yn y bore, a Saesneg, Addysg Grefyddol ac Addysg Gorfforol yn y prynhawn. Ie, Lleu... Addysg Gorfforol! Doeddwn i ddim yn edrych ymlaen rhyw lawer at hynny, ond ti'n gwybod beth? Fe wnes i ryw fath o fwynhau – y mymryn lleiaf! Fe gawson ni ein rhannu'n grwpiau er mwyn cylchdroi i wneud gwahanol weithgareddau – tennis, cyfeiriannu, pêl-fasged a hoci. Fel ti'n gwybod, Lleu, doeddwn i prin wedi cydio mewn ffon hoci yn fy mywyd a dwi ddim yn mynd i honni i fi ddarganfod rhyw dalent gudd anhygoel am gampau o bob math... Ond fe wnaeth Mr Davies a Miss Rhys, athrawes y merched, y cyfan yn dipyn o hwyl. Ac mae Gwenno a Sara wrth eu bodd gydag ymarfer corff, felly mae'n rhaid bod eu brwdfrydedd nhw wedi cael effaith arna i! Er, ar ôl dweud hynny, dwi'n reit bendant na fydda i byth yn mwynhau rhedeg traws gwlad, Lleu, a dwi'n cofnodi hynny mewn du a gwyn fan hyn. BYTH BYTHOEDD!

Felly dyna hanes y ddau ddiwrnod Pontio. Mae'n anodd credu pa mor nerfus ac ansicr roeddwn i'n teimlo nos Sul cyn cychwyn ar y diwrnod cyntaf. Mae cymaint wedi digwydd ers hynny. Dwi'n teimlo fel pe bawn i wedi adnabod Gwenno a Sara ers blynyddoedd ac fe gynigiodd Sara i Gwenno a fi fynd am *sleepover* ati dros yr haf. Dwi ddim wedi bod i aros yn nhŷ ffrind o'r blaen – hynny yw, rhywun sydd ddim yn deulu, fel Math a Sioned. Fedra i ddim aros, Lleu!

Roedd mynd 'nôl i Ysgol Llwyncelyn ddydd Mercher yn brofiad rhyfedd gan nad oedd unrhyw beth wedi newid yno. Ond roeddwn i wedi newid, Lleu, ac roedd y dyddiau Pontio wedi fy helpu i i sylweddoli bod pobl eisiau bod yn ffrind i fi am bwy ydw i, nid yn unig am fy mod i'n chwaer i ti. Pobl fel Gwenno a Sara, a Kelly cyn hynny hefyd...

Ddaeth Tommy ddim i'r ysgol ddydd Mercher na dydd Iau, ond roedd e 'nôl dydd Gwener, yn edrych yn welw ac yn flinedig iawn. Doedd ganddo fe ddim llawer o esboniad pan ofynnais i, ac yna Miss Llywelyn, pam iddo fe golli'r ail ddiwrnod Pontio ddydd Mawrth, dim ond ei fod e'n sâl. Dwi'n meddwl bod Miss Llywelyn yn poeni ei fod e'n colli cymaint o ysgol.

Dwi'n clywed dy fod ti wedi cael wythnos dda arall yn dy sesiynau therapi, ac mae'n ymddangos fel pe bai dy batrwm cysgu di'n fwy sefydlog erbyn hyn. Does dim sôn i ti gael hunllef ych-a-fi ers sbel, beth bynnag.

Iesgob, dwi newydd sylweddoli faint o'r gloch yw hi. Dwi wedi bod yn sgrifennu ers oriau, Lleu! Mae hi bron yn amser swper, felly gwell i fi roi'r gorau iddi dwi'n meddwl. A chwarae teg, ti fydd yn gorfod darllen hwn i gyd, rhyw ddiwrnod...!

Gorwedd ar y gwely rwyt ti ar hyn o bryd, yn gorffwys ychydig. Rwyt ti wedi treulio'r prynhawn yng nghwmni Joe, ac rwyt ti'n edrych wedi ymlâdd! Fe gawsoch chi wybod yn ystod yr wythnos y bydd Joe yn bendant yn gadael yr uned y penwythnos nesaf, a dwi'n gwybod bod hynny wedi bod yn dipyn o ergyd i ti. Ond r'yn ni'n trio peidio meddwl gormod am hynny ar hyn o bryd, ac yn canolbwyntio ar fwynhau'r amser sydd gyda Joe − a'i rieni a Kelly − ar ôl yma. Does dim pwynt hel gormod o feddyliau, yn ôl Mam.

O ie, a sôn am Mam... Rhaid i fi nodi un peth arall cyn i fi orffen y cofnod 'ma (sori, Lleu!). Rhyw awr yn ôl, wedi i ti ddod 'nôl i'r stafell ar ôl treulio amser gyda Joe yn y stafell adnoddau, fe est ti i orwedd am ychydig. Dwi'n meddwl dy fod ti'n pendwmpian tra bod Mam yn eistedd wrth y gwely, felly mae'n siŵr na chlywaist ti'r hyn ddywedodd hi. Ac roedd hi'n siarad yn reit dawel hefyd. Dwi ddim yn meddwl ei bod hi'n sylweddoli 'mod i'n gallu clywed chwaith. Rhaid 'mod i'n edrych fel pe bawn wedi ymgolli'n llwyr wrth sgrifennu yn y gadair freichiau yn y gornel! Beth bynnag... Fe gychwynnodd hi trwy ddweud pa mor browd yw hi ohonot ti, Lleu – am ddatblygu cystal ac am fod mor benderfynol o orchfygu'r holl rwystrau sydd wedi dy wynebu di ers mis Ionawr. Nid dyna'r tro cyntaf iddi ddweud pethau fel'na wrthot ti, wrth gwrs, ond roeddwn i'n teimlo'n reit emosiynol wrth ei chlywed hi heddiw. Ac yna, dyma hi'n dechrau sôn amdana i...

"A Cain... Wel, Lleu, alla i ddim dweud wrthot ti pa mor browd y'n ni'n dau ohoni hi. Ma hi wedi dangos dewrder a hyder nag o'n ni'n sylweddoli o'dd gyda hi wrth ymdopi â holl ddigwyddiadau'r misoedd dwetha 'ma. Ma hi wedi tyfu ac aeddfedu cymaint... y trip i Gaerdydd, y diwrnode Pontio... fyddwn i byth wedi dychmygu fod hynny'n bosib chwe mis yn ôl. Ma hi'n werth y byd, Lleu – yn graig i ni i gyd..."

Wel, os oeddwn i bron â llefen cynt... Fe sylwi di ar ambell farc dyfrllyd ar y tudalen – dagrau! Wnes i ddim dangos i Mam 'mod i wedi clywed gair ond mae'r ffaith ei bod hi'n meddwl pethau fel'na, heb sôn am eu dweud nhw, yn golygu cymaint.

Reit, mae Erin newydd gyrraedd – mae dy swper di'n barod, Lleu. A fy un i cyn hir hefyd, gobeithio – dwi bron â llwgu ar ôl yr holl waith sgrifennu 'ma!

Tan y tro nesaf, 'te. Hwyl, Lleu xx

Cain. Cain a fi...

Pedair oed.

Diwrnod cyntaf yn Ysgol Llwyncelyn.

Cain a fi...

Dal dwylo'n dynn, dynn.

Cain yn llefen, yn gwrthod gadael ochor Mam.

"Cofia di ofalu am Cain heddi, Lleu, 'na fachgen da. Cofia'i bod hi'n ofnus iawn..."

"Iawn, Mam."

Cain yn llefen. Fi'n gwenu.

"Dere, Cain, dere!"

Efan a Gethin... Brychni haul a thrwyn smwt, gwallt du a siarad yn ddi-baid.

Efan a Gethin a fi yn chwarae...

Cain yn llefen, ar ei phen ei hun...

"Dere, Cain, dere! Dere i chware gyda ni..."

Dal dwylo'n dynn, dynn.

Sibrwd yn ei chlust hi. Geirie sbesial, ein hiaith sbesial ni.

Cain yn gwenu. Fi'n gwenu.

Neb yn deall, ond Cain a fi.

Cofio...?

Cofio...

Cofio Cain a fi yn bedair oed!

*

Cain a fi. Saith oed.

Bore dydd Sadwrn. Gwersi nofio yn y dre.

Cain yn y pwll bach, fi newydd symud i'r pwll mawr.

Cain ar ei phen ei hun, yn llefen wrth ochor y pwll...

"Dere, Cain, dere. Ma fe'n sbort..."

Cydio'n dynn, dynn yn ei llaw hi.

Cain yn llefen a llefen.

Gwrthod gwisgo'i armbands. *Gwrthod gwrando ar neb ond fi...*

"Dere, Cain, ma popeth yn iawn, jyst dilyn fi, a chydia'n dynn yn fy llaw i..."

Cofio...

Cofio Cain a fi, bore dydd Sadwrn, gwersi nofio yn y dre...

Cofio!

*

Cain a fi. Naw oed.

Gwylie haf yn Sbaen.

Clwb plant ar y maes carafannau.

Gêmau, cwis, helfa drysor...

Lot o sbort!

Jamie o Lundain, Pierre o Ffrainc... ffrindie newydd. Lot o sbort gyda ffrindie newydd.

Cain ar ei phen ei hun.

"Ti'n iawn, Cain?"

Gwenu ar Cain, Cain yn gwenu 'nôl.

Cain ar ei phen ei hun.

"Dere, Cain – dere i neud yr helfa drysor gyda ni…"

Fi a Cain a Jamie a Pierre…

Cofio…

Cofio Cain a fi, gwylie haf yn Sbaen, clwb plant ar y maes carafannau…

Cofio Cain ar ei phen ei hun.

Cofio!

Dydd Sul, Gorffennaf y 5ed

Helô, Lleu! Mae hi'n nos Sul unwaith eto, a chyn hir bydd hi'n bryd i Dad a fi gychwyn am adre. O leiaf mae hi'n olau tan yn hwyr erbyn hyn, a'r siwrnai dipyn yn haws nag oedd hi ym misoedd oer, tywyll y gaeaf. Rwyt ti'n gorffwys ar dy wely ar hyn o bryd, yn aros i dy swper gyrraedd ac yn siarad bymtheg y dwsin gyda Dad am ddigwyddiadau'r dydd.

Pe bawn i wedi sgrifennu'r cofnod hwn neithiwr, dwi'n meddwl taw darn digon diflas, digalon fyddai e wedi bod. Chest ti ddim diwrnod da ddoe, Lleu. Ddoe oedd y diwrnod y gadawodd Joe. Wrth gwrs, roedden ni'n gwybod ers amser fod ymadawiad Joe yn anorfod, ac roedd Mam a Dad ac Erin a'r doctoriaid wedi trio dy baratoi di'n ofalus at hynny. Ond pan ddaeth hi'n amser iddo fe a'i rieni a Kelly fynd â'r holl drugareddau o'i stafell e fore ddoe, roedd hi'n dipyn o ergyd i ti. Fe fuest ti'n dawel a mewnblyg am weddill y diwrnod, heb fawr o awydd gwneud dim. Roedd y ffarwelio'n anodd, ac fe fuon ni i gyd braidd yn fflat ar ôl iddyn nhw adael.

Ond roedd yn rhaid i ni edrych ar yr ochr bositif hefyd, Lleu, a cheisio dy annog di i wneud yr un fath. Er y byddi di'n colli cwmnïaeth a chyfeillgarwch Joe yn fawr iawn, r'ych chi'n mynd i gadw mewn cysylltiad, ac fe gynigiodd rhieni Joe i ni i gyd fynd draw i Gaer i aros atyn nhw rywdro, pan fyddi di'n ddigon da. Byddai hynny'n grêt, Lleu!

Ar nodyn mwy positif, mae'r doctoriaid wedi sôn ei bod hi'n bryd dechrau trafod beth fydd y camau nesaf yn dy driniaeth adfer di. Maen nhw'n hapus dros ben gyda dy ddatblygiad di ac eisiau sicrhau dy fod ti'n cael y cyfle gorau i barhau i adfer y sgiliau gollaist ti yn y ddamwain. Cyn hir, fydd dim llawer mwy y gallan nhw ei wneud drosot ti fan hyn, medden nhw, ond fyddi di ddim yn barod i fynd adre'n syth chwaith, fel mae Joe wedi cael gwneud. Maen nhw am drio cael lle i ti mewn canolfan adfer arbennig i blant a phobl ifanc sydd ag anaf i'r ymennydd, a bydd hynny'n rhyw fath o broses bontio rhwng gadael yr uned a mynd adre. (Ie, Lleu, mynd ADRE! Allwn i ddim bod wedi dychmygu sgrifennu'r geiriau 'na ychydig fisoedd yn ôl!) Mae'n gynnar o hyd, cofia, ac mae pethau fel hyn yn gallu cymryd amser, yn ôl Dr Sarah. Ond mae 'na gyfarfod asesu dydd Mercher nesaf, felly mae 'na obaith y gall pethau ddigwydd cyn bo hir iawn.

Ac ar nodyn mwy positif fyth, hyd yn oed, fe gest ti ddiwrnod ARBENNIG O DDA heddiw! Na, gwell na hynny – diwrnod FFANTASTIG! Gan fod Mam a Dad yn gwybod ers tro fod ddoe yn mynd i fod yn anodd i ti, roedden nhw wedi cynllunio syrpréis arbennig ar gyfer heddiw, er mwyn codi dy galon di a llenwi'r bwlch ar ôl i Joe adael. Roedden nhw wedi trefnu dy fod ti (yn ogystal â nhw, fi ac Erin) yn ymweld â stadiwm bêl-droed Anfield am y diwrnod! Does dim angen i fi ddweud pa mor hapus oeddet ti pan dorrodd Dad y newyddion ar ôl brecwast bore 'ma. Dyna'r cyhoeddiad gorau posib ar ôl diflastod ddoe.

Fe gymerodd y cyfan dipyn o waith trefnu. Dyma oedd y tro cyntaf i ti adael yr ysbyty (heblaw am fynd lawr i'r ardd) ers mis Ionawr. MIS IONAWR, LLEU! Gorfod i Dr Sarah wneud asesiad risg manwl er mwyn sicrhau bod *back-up* gyda ni rhag ofn fod problem yn codi, ac roedd cael Erin a'i gwybodaeth feddygol arbenigol gyda ni yn hanfodol – jyst rhag ofn. Ond doedd dim angen poeni – fe aeth popeth fel watsh, ac fe gawson ni i gyd (gan gynnwys fi – y person sydd â'r lleiaf o ddiddordeb mewn pêl-droed ar wyneb y ddaear!) ddiwrnod bythgofiadwy.

Fe ddaeth tacsi arbennig i'n casglu ni o'r ysbyty tua 10 y bore i'n tywys ni draw i Anfield. Roedd Mam a Dad wedi cael crys Lerpwl newydd yn anrheg i ti ei wisgo – un â dy enw di'n fawr ar y cefn, uwchben rhif 8 dy arwr mawr di, Steven Gerrard. Dwi ddim yn meddwl 'mod i wedi gweld unrhyw un yn edrych mor gyffrous ag oeddet ti wrth adael yr ysbyty a dringo, gyda chymorth Erin, i'r tacsi. Roedd hi'n bryd i ti weld y byd mawr y tu allan i waliau'r uned, Lleu – yn hen, hen bryd. Hwn oedd yr ail dro i ti fynd i Anfield, ond doedd dim syniad gyda ni faint fyddet ti'n ei gofio o dy drip di a Dad yno cyn y Nadolig y llynedd i weld Lerpwl yn chwarae gartref yn erbyn Fulham. Ac roedd hwn yn argoeli i fod yn ymweliad gwahanol i'r cyffredin...

Ar ôl i ni gyrraedd, fe gyhoeddodd Mam a Dad eu bod nhw wedi trefnu tocynnau 'The Ultimate Anfield Experience' i ni. Roedd dy wyneb di'n bictiwr, Lleu! Yn gyntaf, fe gawson ni ein tywys ar daith 'tu ôl i'r llenni' ac ymweld â'r stafelloedd newid, stafell y wasg a'r stafell reoli. Fe gawson ni weld stafell y tlysau hefyd

– ac roedd dy lygaid di a Dad fel soseri wrth sefyll o fewn modfeddi iddyn nhw! Fe gawson ni ginio tri chwrs wedyn yn un o'r bocsys uwchraddol (dyna ddywedodd Mam oedd yr enw Cymraeg arnyn nhw – *executive box* i ti a fi, Lleu!) yn edrych allan dros y cae pêl-droed. "Golygfa ore'r byd!" yn ôl Dad.

Ar ôl cinio fe gawson ni fynd i sefyll ar y Kop – un o derasau pêl-droed enwoca'r byd – a fedrwn i, hyd yn oed, ddim peidio â theimlo gwefr arbennig wrth sefyll yno'n syllu ar y stadiwm enfawr yn ein hamgylchynu ni. Roeddet ti wedi bod yno o'r blaen, wrth gwrs, ond tybed oeddet ti'n cofio hynny? Ddywedaist ti ddim byd, beth bynnag, dim ond edrych o dy gwmpas, a gwenu.

Sedd y rheolwr oedd y man ymweld nesaf ar y daith, ac fe gafodd Dad – oedd wedi bod yn tynnu lluniau ar dy gamera digidol di, fel pe bai e'n un o'r *paparazzi* – lun gwych ohonot ti yn esgus bod yn rheolwr byd-enwog yn gweiddi cyfarwyddiadau ar y chwaraewyr dychmygol ar y cae!

Ond uchafbwynt y diwrnod, heb os nac oni bai, oedd y ffaith fod rhai o gyn-sêr tîm pêl-droed Lerpwl yn Anfield am y prynhawn, er mwyn cwrdd ag aelodau o'r cyhoedd, arwyddo llofnodion a thynnu lluniau gyda nhw lawr ar y cae. Fe gwrddon ni ag enwogion fel Kenny Dalglish, Ian Rush a Robbie Fowler (doeddwn i ddim wedi clywed am y rhan fwyaf o'r enwau hyn o'r blaen – neu heb gymryd sylw ohonyn nhw, beth bynnag!). A bod yn onest, dwi'n meddwl taw Dad oedd y mwyaf cyffrous ohonon ni – mae'i wyneb e yn y llun gafodd ei dynnu ohonot ti a fe ac Ian Rush fel wyneb plentyn bach ar fore dydd Nadolig! Gan fod Mam wedi sôn yn dawel fach wrth y dyn oedd yn ein tywys ni o gwmpas y stadiwm am dy brofiadau di yn ystod y misoedd diwethaf, fe gest ti sylw ychwanegol gan bawb drwy'r dydd – yn enwedig y cyn-chwaraewyr. Gallai unrhyw un fod wedi credu dy fod ti yr un mor enwog â nhw, Lleu!

Cyn i ni adael, fe gawson ni gyfle i ymweld â'r siop arbennig oedd yn llawn dop o bob math o drugareddau yn ymwneud â Chlwb Pêl-droed Lerpwl. Roeddet ti wedi blino'n lân erbyn hynny, ac Erin yn awyddus i ti ddychwelyd i'r ysbyty – roedd hi'n poeni bod holl gyffro'r diwrnod yn ormod i ti. Ond roeddet ti'n benderfynol o brynu anrhegion yn y siop – rhywbeth bach i Efan a Gethin a Tommy, a Joe hefyd. Fe helpodd Mam ti i ddewis cylch allweddi tîm Lerpwl i Efan a Tommy, ond roedd yn rhaid bodloni ar lyfr o ffeithiau cyffredinol am bêl-droed i Gethin a Joe (fydden nhw ddim balchach o dderbyn unrhyw beth yn ymwneud â thîm Lerpwl!). Fe gei di eu rhoi nhw iddyn nhw cyn hir, gobeithio.

Dwi'n meddwl ein bod ni i gyd wedi ymlâdd erbyn hynny, Lleu, ar ôl yr holl waith cerdded o un pen y stadiwm i'r llall. Fe aethon ni â dy gadair olwyn di i Anfield, gyda llaw, er nad wyt ti braidd yn ei defnyddio hi yn yr uned erbyn hyn. Roedd hi'n fendith ei chael hi gyda ni, rhaid cyfaddef – yn enwedig wrth i ni orfod cerdded ar hyd coridorau di-ben-draw yng nghrombil y stadiwm enfawr. Ac er dy fod ti'n gyndyn iawn i eistedd ynddi i gychwyn, dwi'n meddwl dy fod ti'n falch cael y cyfle i orffwys dy goesau bob hyn a hyn.

Fe gyrhaeddon ni 'nôl yn yr ysbyty rhyw awr a hanner yn ôl, ac fe gest ti groeso arbennig gan y staff a'r cleifion eraill. Dwi'n meddwl eu bod nhw wedi gweld dy eisiau di yn ystod y dydd, ac roedden nhw'n awyddus iawn i glywed hanes y diwrnod. Rwyt ti wedi bod yn brysur yn dangos lluniau ers cyrraedd 'nôl, ac rwyt ti'n dal i siarad am yr holl brofiad gyda Dad wrth i fi sgrifennu nawr. Ond rwyt ti'n edrych wedi blino'n lân – dwi'n siŵr y gwnei di gysgu'n dda iawn heno!

Felly – oedd, roedd heddiw'n ddiwrnod da, ac fe fu'n dipyn o gymorth i leddfu ychydig ar siom a diflastod ddoe. Fe awgrymodd Mam y byddai'n syniad da i ti sgrifennu (neu deipio) pwt o lythyr at Joe yn sôn am dy brofiadau di heddiw. Mae hi am holi Erin a fydd modd i ti wneud hynny yn un o dy sesiynau therapi di'r wythnos hon.

Reit, mae'n bryd i fi adael y dyddiadur am heno, Lleu, ac yn bryd i Dad a fi gychwyn ar ein taith. Pythefnos sydd ar ôl gyda fi yn Ysgol Llwyncelyn erbyn hyn, gan ein bod ni'n torri ar gyfer gwyliau'r haf wythnos i ddydd Gwener! Pythefnos! Dwi'n edrych ymlaen gymaint at gael treulio'r haf cyfan gyda ti, Lleu (druan â ti!).

Fe wnes i wir fwynhau heddiw – roedd hi'n bleser cael rhannu profiad mor arbennig gyda ti. Dwi'n teimlo heno, am y tro cyntaf ers amser maith, fod darn bach o'r hen Lleu wedi dychwelyd, o'r diwedd...

Pum ffaith ddiddorol y gwnes i eu dysgu heddiw (na feddyliais i fyth y byddai gen i ddiddordeb mewn gwybod):

- Cafodd Clwb Pêl-droed Lerpwl ei sefydlu yn 1892, a stadiwm Anfield oedd ei gartref o'r cychwyn cyntaf.
- Mae Anfield yn dal 45,522 o bobl.
- Mae Clwb Pêl-droed Lerpwl wedi ennill pum Cwpan Ewropeaidd, tri chwpan UEFA, saith cwpan FA ac wedi ennill y gynghrair 18 o weithiau.
- Anthem y clwb yw 'You'll Never Walk Alone', a cafodd y gân ei chyfansoddi'n wreiddiol gan Rodgers a Hammerstein ar gyfer y sioe gerdd *Carousel* yn 1945.
- Newidiodd cit cartref y tîm o grys coch a siorts gwyn i wisg gyfan gwbl goch ym 1964.

Iawn, dyna ddigon am heno!
Nos da, Lleu – caru ti xx

Sefyll ar y Kop.

"Ti'n iawn, Lleu? Ti'n ddigon cynnes?"

Ydw, Mam, ydw, Erin. Peidiwch â ffysian!

"Eistedda os yw dy goesau di wedi blino..."

Dwi'n iawn, Dad, wir!

Sefyll ar y Kop yn amsugno'r olygfa.

Cau'n llyged. Meddwl a meddwl.

Meddwl a meddwl... a chofio...

*Stafell fyw tŷ ni. Gêm Lerpwl a Man U ar y teledu.
Efan a fi yn ein cryse Lerpwl, Gethin druan yn ei grys
Man U!*

"Li-ver-pool..."

*Gêm derfynol Cwpan yr FA. Faint yn ôl – blwyddyn?
Dwy flynedd? Tair?*

*Efan a fi yn bloeddio canu: "You'll ne-ver walk
alone."*

*Gethin a'i ddwylo dros ei glustie, yn hanner
gwenu...*

Efan a Gethin a fi, yn stafell fyw tŷ ni.

*Efan a Gethin a fi... a Tommy? Na, dim Tommy.
Tommy'n... sâl? Methu cofio...*

*Ond cofio Efan a Gethin a fi, gêm Lerpwl a Man
U.*

"Li-ver-pool..."

Sefyll ar y Kop...

Meddwl a meddwl... a chofio...

*Dad a fi, yn ein cotie cynnes a'n sgarffie coch. Gwynt
oer mis Rhagfyr yn chwipio'n wynebe ni.*

Lerpwl yn chware, yn curo Fulham.

Tair gôl i ddim...

"There's only one Steven Gerrard..."

Dad a fi'n ymuno, ein lleisie ni'n groch.

"O, hon yw'r olygfa ore yn y byd, Lleu bach! Dere – unwaith y gorffenith yr hanner cynta, ewn ni i gael byrgyr a phaned o de, i gynhesu!"

Dad a fi, sefyll ar y Kop. Gwynt oer mis Rhagfyr.

"Dwi mor falch i ni ddod, Lleu. Bydd rhaid i ni ddod yn amlach – unwaith y tymor, o leia. Ddewn ni eto, ym mis Ionawr neu Chwefror..."

Cofio... Dad a fi, sefyll ar y Kop.

Cofio...!

Agor fy llyged.

"Ti'n iawn, Lleu? Ti'n hapus?"

Ydw, Cain, dwi'n iawn. Ydw, dwi'n hapus.

Yn hapus, hapus.

Dydd Sul, Gorffennaf y 12fed

Wel, mae wythnos arall wedi mynd i rywle, Lleu, a hithau'n brynhawn dydd Sul unwaith eto. Mewn ffordd, mae hi wedi bod yn wythnos reit dawel – does dim byd hynod ddiddorol wedi digwydd yn Llwyncelyn, beth bynnag. Ond mae hi wedi bod yn wythnos drom arall i ti o ran sesiynau therapi.

A dydd Mercher, fel soniais i, fe gynhaliwyd y cyfarfod arbennig er mwyn penderfynu pryd fyddi di'n barod i adael yr ysbyty, ac i ble fyddi di'n mynd wedyn. Fe deithiodd Dad yma'n gynnar fore dydd Mercher a dychwelyd adre ddiwedd y prynhawn. O'r hyn ddywedodd Dad wrtha i'n ddiweddarach, fe ddechreuon nhw drwy gynnal adolygiad o dy ddatblygiad di ers cyrraedd 'ma ym mis Mawrth, cyn mynd ati i drafod y posibiliadau ar gyfer y dyfodol. Fe gytunodd y doctoriaid y bydd hi'n bryd i ti adael yr uned cyn hir (sy'n newyddion ffantastig, Lleu!), ac roedd pawb o'r farn taw mynd i ganolfan adfer niwrolegol fyddai orau, cyn i ti gael dod adre wedyn – cyn bo hir iawn, gobeithio. Mae sawl canolfan adfer arbenigol ar hyd a lled Prydain, ond dim ond un sydd yng Nghymru – yn y gogledd – ac, yn ddelfrydol, byddai modd i ti gael lle yno er mwyn bod gam yn agosach at adre, ac er mwyn i rai o'r sesiynau therapi gael eu cynnal yn Gymraeg.

Mae Dr Sarah am gysylltu â'r ganolfan cyn gynted â phosib i weld faint o siawns sydd i ti gael lle yno, ac er mwyn trefnu i ti fynd i weld y lle. Cyffrous iawn! Mae'n bryd i bethau symud ymlaen nawr – yn enwedig ers i Joe adael.

Un peth arall ddigwyddodd yn ystod yr wythnos oedd i Inspector Jones gysylltu eto. Roedd e'n awyddus iawn iddo fe a Sarjant Williams ddod i gyfweld â ti am yr ail dro, gan fod bron i ddau fis ers y cyfweliad diwethaf, a gan nad oes unrhyw ddatblygiad pellach wedi bod yn yr achos. Roedd Dr Sarah braidd yn gyndyn iddyn nhw ddod – oherwydd iti gael trafferth cysgu, a phrofi hunllefau am wythnosau yn dilyn y cyfweliad diwethaf. Fe gytunodd hi, serch hynny, iti gael dy holi'n anffurfiol am y ddamwain gan y niwroseicolegydd yn dy sesiwn gyda hi fore dydd Gwener, ac y byddai'r cyfan yn cael ei recordio er mwyn i'r heddlu gael clywed dy ymateb di. Roedd Mam, Dr Sarah ac Erin yn y sesiwn hefyd, rhag ofn na fyddet ti'n ymateb yn dda i rai o'r cwestiynau.

A dweud y gwir, dwi ddim yn meddwl i ti ddatgelu unrhyw beth syfrdanol wrth siarad â'r doctor, Lleu – yn ôl Mam rwyt ti'n gymysglyd iawn o hyd ynglŷn â digwyddiadau dydd Calan. Heblaw am ailadrodd droeon ynglŷn â "Beic newydd i fi a Cain... dwy gacen ben-blwydd... eira gwyn, gwyn... pen yn dost...", ddywedaist ti fawr ddim, hyd yn oed wrth i'r niwroseicolegydd dy brocio di â rhai o'r cwestiynau roedd yr heddlu am iddi eu gofyn i ti. Yn ôl Dr Sarah, falle fod yn rhaid derbyn na fyddi di byth yn cofio'n iawn yr hyn ddigwyddodd i ti, ac er ei bod hi'n awyddus i'r heddlu ddal gyrrwr y car wnaeth dy fwrw di, ei barn arbenigol hi yw na allwn ni dy wthio di'n ormodol i drio cofio'r hyn ddigwyddodd y bore hwnnw. Yn aml iawn – ond ddim bob amser, chwaith – mae'r hyn ddigwyddodd i rywun yn yr oriau a'r munudau cyn iddyn nhw dderbyn anaf i'w hymennydd wedi'i ddileu o'r cof am byth, meddai hi.

O ie, a chyn i fi orffen, fe brynodd Dad anrhegion i ni'n dau yn ystod yr wythnos, a'u rhoi nhw i ni ar ôl i ni gyrraedd yma nos Wener. iPad yr un! Ti'n cofio fi'n sôn ar ôl i fi ddefnyddio un Math yng Nghaerdydd y byddai'n syniad da i ti gael un? Wel, roedd Dr Sarah a dy therapydd galwedigaethol di hefyd o'r farn y byddai iPad yn haws ac yn fwy ymarferol i ti ei ddefnyddio na'r gliniadur – yn enwedig wrth i ti barhau i drio datblygu'r cydsymud yn dy fysedd a magu hyder wrth deipio. A chwarae teg i Dad, fe feddyliodd y byddai'n syniad da i fi gael un hefyd cyn i fi fynd i'r ysgol uwchradd (ie, fi, y *technophobe* mwyaf erioed, Lleu!). R'yn ni'n dau wedi bod wrthi'n ddi-baid yn arbrofi drwy'r penwythnos – maen nhw'n grêt! Ac rwyt ti wedi llwyddo i ddod i ddeall dy un di yn well na fi'n barod, Lleu – dyw rhai pethau byth yn newid!

Mae hi bron yn amser swper i ti, a bydd Dad a fi'n gadael am adre cyn hir – y nos Sul olaf erioed y bydd yn rhaid i fi deithio adre er mwyn mynd i Ysgol Llwyncelyn ar y bore dydd Llun. Alla i ddim credu hynny, Lleu!

Gobeithio y gwnei di gysgu'n weddol heno – roedd y nyrsys ar ddyletswydd nos Wener a neithiwr yn poeni dy fod ti braidd yn anesmwyth gan i ti ddeffro sawl tro yn ystod y nos yn chwys oer. Dwi wir yn gobeithio nad yw'r hunllefau wedi dechrau eto yn dilyn y sesiwn therapi, a'r holi ynglŷn â'r ddamwain...

Wela i di nos Wener nesaf, Lleu – cychwyn ar chwe wythnos o wyliau'r haf, hwrê! xx

Cysgu.

Deffro.

Cysgu a deffro.

Deffro'n chwys oer.

Cysgu eto. Breuddwydio...

Cofio...

Beic. Dau feic – un i fi, un i Cain.

Dwy siaced felen.

Canu. Canu Calennig...

Eira.

Eira gwyn ar y coed a'r cloddiau a'r caeau, fel siwgwr eisin.

"*Dere mlân, Cain!*"

Aros ac aros ac aros.

"*Wela i di wrth y groesffordd ar y top...*"

Pedlo a phedlo a phedlo...

Aros ac aros ac aros...

"*Dere, Cain! Ti'n iawn?*"

Pedlo a phedlo a phedlo...

"*... cofia alw arna i os wyt ti isie rhywbeth... fydda i ddim yn bell o dy flân di...*"

Helmed yn dynn, pen yn dost.

Bochau ar dân, chwys yn diferu.

Rhiw serth. Pedlo'n wyllt...

Pobman yn dawel. Neb o gwmpas.

Defaid! Defaid yn brefu. Defaid yn oer. Druan â'r defaid!

Pen yn dost, tynnu'r helmed.

Dyna welliant!

Awyr iach!

Dyna welliant…

Edrych 'nôl. Cain? Cain yn smotyn bach melyn llachar yn y pellter…

Pedlo a phedlo a phedlo…

Ac yna… dim.

Dim byd.

Deffro.

Deffro'n chwys oer.

Pobman yn dywyll.

Dim byd.

Dim ond tywyllwch.

Dydd Sadwrn, Gorffennaf y 18fed

Am wythnos brysur! Dwi ddim yn siŵr iawn ble mae dechrau! Wel, yn gyntaf, dwi wedi cychwyn ar CHWE WYTHNOS O WYLIAU HAF! (Gair o rybudd, Lleu – fydd dim llonydd i ti nawr am sbel!) Fe gyrhaeddodd Dad a fi yma neithiwr, ychydig yn gynt na'r arfer gan fod yr ysgol wedi cau am ddau o'r gloch yn lle hanner awr wedi tri, a hithau'n ddiwrnod ola'r tymor.

Roedd yr wythnos ddiwethaf, a ddoe yn enwedig, yn rhyfedd iawn. Wnes i ddim meddwl y byddwn i mor emosiynol wrth adael Ysgol Llwyncelyn – dyw pethau ddim wedi bod yn fêl i gyd i fi yno, os dwi'n onest. Ond eto, roedd hi'n chwithig meddwl bod cyfnod yn dod i ben – ac, yn fwy na dim, bod hynny'n digwydd hebddot ti wrth fy ochr i. Fe ddechreuon ni Ysgol Llwyncelyn gyda'n gilydd ac fe ddylen ni fod wedi gadael Ysgol Llwyncelyn gyda'n gilydd – dyna'r drefn...

Bydda i'n gweld eisiau Miss Evans a Mrs Puw a Miss Llywelyn, wrth gwrs, ond mae 'na ran ohona i'n edrych ymlaen yn fawr at yr hyn sydd o 'mlaen i – *o'n blaenau ni* – dros yr wythnosau a'r misoedd nesaf.

Cyn i fi anghofio, uchafbwynt ein hwythnos olaf yn Ysgol Llwyncelyn oedd fod holl ddisgyblion Blwyddyn 6 wedi trefnu diwrnod arbennig i godi arian at dy apêl di – Diwrnod Lleu! Fe gawson ni sawl cyfarfod gyda Mrs Puw a Miss Llywelyn er mwyn trafod syniadau ar gyfer gwahanol themâu a gweithgareddau addas i'r diwrnod, ac roedd pawb yn hynod o frwdfrydig. Yn y diwedd, fe benderfynon ni y byddai'n syniad da clymu cymaint â phosib o dy hoff bethau di i mewn i weithgareddau'r diwrnod. Fe godon ni bunt ar bawb drwy'r ysgol am gael gwisgo gwisg ffansi oedd yn adlewyrchu un o dy ddiddordebau di. Fe aeth pawb i *gymaint* o ymdrech, Lleu! Roedd plant wedi'u gwisgo fel gwyddonwyr a gofodwyr, pêl-droedwyr a chwaraewyr rygbi, nofwyr Olympaidd, cymeriadau o gêmau cyfrifiadurol a ffilmiau Harry Potter a llyfrau Roald Dahl, ac roedd Bleddyn o Flwyddyn 4 wedi'i wisgo fel pos Sudoku anferthol! (Alla i wir ddim gwneud cyfiawnder â'r wisg trwy drio'i disgrifio hi mewn geiriau, ond dwi wedi tynnu digonedd o luniau o Bleddyn i ti gael gweld. Roedd y wisg yn wych, Lleu – rhaid bod ei fam e wedi bod yn brysur yn gwnïo ers wythnosau!) Yn ogystal â hyn, fe gawson ni ddiwrnod o dy hoff wersi di – Mathemateg yn gyntaf (ych a fi!), wedyn Daearyddiaeth, wedyn Gwyddoniaeth ac yna Addysg Gorfforol ar ddiwedd y dydd. A nawr 'mod i ychydig yn fwy hoff o Addysg Gorfforol, roeddwn i'n meddwl bod y cwrs rhwystrau a drefnodd Blwyddyn 6 ar gyfer gweddill yr ysgol allan ar y cae yn grêt! Fe fuodd aelodau o'r Gymdeithas Rhieni ac Athrawon yn pobi cacennau (cacennau ag eisin coch – dy hoff liw di!), ac fe gododd holl weithgareddau'r diwrnod dros £400 at yr apêl – gwych, Lleu!

Oedd, roedd Diwrnod Lleu yn ddiwrnod da, ac yn ffordd bositif iawn i ni fel disgyblion Blwyddyn 6 gofio amdanat ti wrth ffarwelio ag Ysgol Llwyncelyn. Yr unig drueni oedd nad oedd modd i ti fod yn bresennol, er i ni drio trefnu hynny i gychwyn. Ond roedd rhywle pwysicach gyda ti i fod, fel mae'n digwydd...

Dwi'n gwybod i fi sôn yr wythnos diwethaf fod Dr Sarah wedi dweud y gallai'r broses o gael lle i ti yn y ganolfan adfer yng ngogledd Cymru gymryd amser, ond fe ddigwyddodd pethau'n gyflym iawn! Fe gysylltodd Dr Sarah â'r ganolfan ben bore dydd Llun i weld pa mor bosib fyddai hi i ti gael gwely yno, ac erbyn dydd Mercher (sef Diwrnod Lleu yn Ysgol Llwyncelyn) roedd dau o staff y ganolfan wedi dod draw i'r ysbyty i gwrdd â ti a Mam ac i'th asesu di'n ffurfiol. Duw a ŵyr faint o asesiadau rwyt ti wedi'u cael yn ystod y misoedd diwethaf, Lleu – dwi wedi stopio cyfri erbyn hyn! Ar ôl cwrdd â ti roedden nhw'n cytuno y byddai'r ganolfan (Canolfan yr Enfys yw enw'r lle, gyda llaw) yn lle delfrydol i ti fynd er mwyn datblygu dy sgiliau ymhellach ac roedden nhw'n awyddus i ti dreulio'r diwrnod yno er mwyn gweld sut fyddet ti'n dod yn dy flaen. Dyna lle r'yn ni wedi bod heddiw – Mam a Dad a ti a fi ac Erin – draw yng Nghanolfan yr Enfys (fe ddywedais i fod pethau wedi symud yn gyflym, do, Lleu?).

Roedd pawb wrth eu bodd â'r lle – mae'n wych yno! Dim ond ers rhyw dair blynedd mae'r ganolfan ar agor, felly mae'r adeilad yn fodern a'r adnoddau yno heb eu hail (mwy am hynny mewn munud!). Mae 'na bymtheg o welyau yno ar hyn o bryd ac maen nhw'n cynnig llefydd aros i bobl ifanc ac aelodau o'u teulu wrth iddyn nhw gwblhau sesiynau adfer. Bydd pob person ifanc sy'n aros yno'n cael ei gefnogi gan dîm o ddoctoriaid, nyrsys a gweithwyr gofal, gydag un gweithiwr allweddol yn bennaf cyfrifol am gydlynu ei raglen adfer (fel Dr Sarah fan hyn). Maen nhw hefyd yn rhoi cymorth yn y cartref am ychydig ar ôl i'r preswylwyr adael, os oes angen, ac yn eu croesawu nhw 'nôl i aros i'r ganolfan am gyfnodau er mwyn gweld sut maen nhw'n dod yn eu blaen.

Fe gawson ni daith o gwmpas campws y ganolfan gyda'r rheolwraig ar ôl cyrraedd. Roedd hi'n siarad Cymraeg, ac ar ôl bod yn Lerpwl cyhyd roedd hynny'n braf. Yn ogystal â'r stafelloedd gwely a'r stafelloedd therapi, mae pwll nofio hydrotherapi, gardd natur enfawr, stafelloedd amlsynhwyraidd, cegin i ymarfer sgiliau coginio a stafelloedd dosbarth yn y ganolfan.

Yna fe gest ti dy asesu'n ffurfiol gan sawl arbenigwr yn ei dro er mwyn gweld pa sgiliau sydd gyda ti ar hyn o bryd a pha rai sydd angen eu hadfer a'u datblygu ymhellach. Fe wnaethon nhw asesu pob math o bethau, Lleu − pa mor dda roeddet ti'n llwyddo i wisgo ac ymolchi; oeddet ti'n gallu arllwys diod neu wneud brechdan (dim un jam a menyn cnau y tro hwn, yn anffodus!); sut oeddet ti'n llwyddo i symud dy ddwylo, dy fysedd a dy draed; pa mor llwyddiannus roeddet ti'n sgrifennu a theipio darnau syml o destun; sut oedd dy sgiliau darllen di; oeddet ti'n gallu cerdded / rhedeg / neidio ar un goes / dringo grisiau; pa mor dda oedd dy ddealltwriaeth di o iaith (Cymraeg a Saesneg); sut oedd dy sgiliau canolbwyntio, rhesymeg a datrys problemau di...

Waw, Lleu – erbyn i hyn i gyd orffen roeddwn *i* wedi blino'n lân, heb sôn amdanat *ti*! Fe wnest ti'n wych, ond fe sylweddolon ni i gyd fod 'na waith i'w wneud eto. Ac roedd Mam a Dad ac Erin a staff Canolfan yr Enfys yn bendant taw dyma fyddai'r lle delfrydol i ti – y cam hollbwysig nesaf yn dy driniaeth adfer di. Cyn i ni adael, fe fuodd Mam a Dad yn trafod pethau diflas fel ffurflenni cais ac ariannu, ac fe gawson ni wybod bod dy enw di ar restr aros er mwyn cael gwely yno. R'yn ni i gyd yn croesi bysedd y digwyddith hynny cyn hir, ond amser a ddengys.

Pan gyrhaeddon ni 'nôl i'r ysbyty ddiwedd y prynhawn, roedd Dr Sarah ar ddyletswydd ac yn awyddus i glywed hanes y diwrnod. Fedrwn i ddim peidio â rhannu dy frwdfrydedd di wrth ddangos lluniau o'r ganolfan ac wrth sôn am yr hyn fuest ti'n ei wneud. Byddai mynd i Ganolfan yr Enfys yn beth gwych i ti heb os, Lleu, a gorau po gyntaf y digwyddith hynny nawr.

Cyn i ti gael swper a throi am y gwely heno, mae Mam wedi bod wrthi'n dangos mwy o hen luniau o'r albwm i ti. Chawson ni fawr o amser i edrych arnyn nhw'n ddiweddar, ond mae'n anodd credu faint yn fwy rwyt ti'n ymateb i rai ohonyn nhw erbyn hyn, ac r'yn ni'n gweld hynny fel arwydd cadarnhaol fod nifer o dy atgofion di o'r cyfnod cyn y ddamwain wedi dychwelyd.

"Wyt ti'n gwbod lle r'yn ni fan hyn, Lleu? Ti a Cain a Dad a finne a Cadi, yn y caffi ar ben yr Wyddfa, gwylie'r Pasg – rhyw ddwy flynedd yn ôl, ie, Cain? Ro'dd hi'n ddiwrnod braf – ro't ti a Dad a Cadi wedi cerdded i'r copa, a Cain a finne wedi dal y trên i gwrdd â chi. Edrych ar yr olygfa fendigedig 'na yn y cefndir..."

Galla i gofio'r llun mae Mam yn sôn amdano heb ei weld e, a dwi'n cofio'n iawn pa mor gynnes y teimlai pelydrau'r haul ar y diwrnod hwnnw o Ebrill ar gopa mynydd uchaf Cymru. Oes dwy flynedd ers hynny – wir?

"O, a drycha ar hwn, Lleu – ma hwn yn llun da! Ti a Tommy y tu allan i dŷ Tommy, haf y llynedd. Ro'n ni newydd hebrwng Tommy adre ar ôl i chi'ch dau fod yn chwarae pêl-droed dros dîm ieuenctid y pentre. Fe enilloch chi'r twrnament – drycha arnoch chi'n dal yn browd yn eich medalau!"

Dwi'n cofio'r llun hwnnw, hefyd, ac yn cofio'r diwrnod fel pe bai'n ddoe. Fe es i gyda Mam i'ch casglu chi o'r twrnament, a dwi'n cofio chi'ch dau yn eistedd ar fonet car coch Craig, llystad Tommy, y tu allan i'r tŷ, er mwyn cael tynnu'r llun. Doedd e ddim yn hapus am hynny, os dwi'n cofio'n iawn – fe waeddodd e arnoch chi i fynd oddi ar y bonet! Ac roedd e'n flin am fod Tommy'n hwyr yn cyrraedd adre hefyd – wnaeth e ddim diolch i Mam am roi lifft iddo fe hyd yn oed.

Tybed wyt ti'n cofio hyn i gyd, Lleu? Rwyt ti'n syllu'n hir ar y lluniau – yn enwedig yr un ohonot ti a Tommy. Ond mae heddiw wedi bod yn ddiwrnod hir ac rwyt ti wedi blino'n lân. Falle nad yw dy feddwl di mor glir â hynny heno...

A dw innau wedi blino'n lân hefyd! Gwely cynnar i ni'n dau, felly, gan fod fory'n mynd i fod yn ddiwrnod prysur arall. Yn dilyn llwyddiant y trip i Anfield bythefnos yn ôl, mae Dr Sarah wedi cytuno i ni fynd â ti i'r amgueddfa wyddoniaeth arbennig i blant sydd yn Lerpwl (mae Erin am ddod gyda ni eto, rhag ofn). Dwi'n siŵr y byddi di wrth dy fodd yno (a finnau hefyd, o bosib...!). A dweud y gwir, mae hi'n argoeli i fod yn wythnos brysur – dwi am aros yma gyda ti a Mam am rai dyddiau, gan ei bod hi'n wyliau, ac fe gysylltodd rhieni Joe a Kelly i ddweud eu bod nhw'n gobeithio dod i'n gweld ni naill ai dydd Mawrth neu ddydd Mercher. Bydd hi mor neis eu gweld nhw. Bydda i'n mynd adre wedyn ddydd Iau gan fod Sara (un o'r ffrindiau newydd wnes i ar y diwrnodau Pontio, ti'n cofio?) wedi cynnig i fi a Gwenno fynd i aros ati dros nos.

Wel, gobeithio y gwnei di gysgu'n weddol heno, Lleu. Mae'n ymddangos dy fod ti'n parhau i gael hunllefau ambell noson, yn ôl y nyrsys, er nad wyt ti'n cofio nac yn sôn o gwbl amdanyn nhw fore trannoeth.

Nos da, Lleu xx

Cysgu.

Deffro.

Cysgu a deffro.

Deffro'n chwys oer.

Cysgu eto. Breuddwydio…

Cofio…

Beic. Dau feic – un i fi, un i Cain.

Canu. Canu Calennig…

Eira.

Aros ac aros ac aros.

"Dere mlân, Cain!"

Defaid. Pen yn dost. Helmed yn dynn.

"Wela i di wrth y groesffordd ar y top…"

Pedlo a phedlo a phedlo…

Chwysu a chwysu. Tynnu'r helmed.

Dyna welliant!

Awyr iach!

Pedlo a phedlo a phedlo…

Bron â chyrraedd. Bron â chyrraedd y groesffordd…

Pedlo a phedlo a phedlo…

Geraint Thomas, Chris Hoy, Bradley Wiggins, Lleu Gruffudd…

Pedlo a phedlo a phedlo…

Dere mlân, Lleu!

Bron â chyrraedd… y dorf yn bloeddio, y lliwiau'n fy nallu…

Cau popeth mas…

Dere mlân, Lleu!

Bron â chyrraedd…

Brêcs ac olwynion…

Brêcs ac olwynion yn sgrechian...

Codi 'mhen...

Car yn sgrialu...

Car coch.

Wyneb yn syllu drwy'r ffenest flaen.

Wyneb cyfarwydd...

"Oi! Get off that bonnet! Where the hell have you been, Tommy? You should have been home hours ago. I don't care about your stupid medal..."

Cofio... cofio'r car yn sgrialu, cofio'r brêcs a'r olwynion yn sgrechian...

Cofio'r wyneb cyfarwydd yn syllu drwy'r ffenest flaen...

Ac yna... dim.

Dim byd.

Deffro.

Deffro'n chwys oer.

Pobman yn dywyll.

Dim byd.

Dim ond tywyllwch.

Dydd Sadwrn, Awst y 1af

Awst y cyntaf, Lleu. Saith mis union ers y ddamwain, a bron i bum mis ers i ti gael dy symud o'r Uned Gofal Dwys i'r Uned Niwroleg. A dyma ni, newydd orffen pacio dy bethau di gan dy fod ti'n gadael heddiw. Wyt, Lleu, rwyt ti'n GADAEL YR YSBYTY HEDDIW!!!

Wrth dy helpu di i bacio bore 'ma, fedrwn i ddim peidio â meddwl am y diwrnod hwnnw ym mis Mawrth pan gyrhaeddaist ti'r uned am y tro cyntaf, a Mam a finnau'n trio'n gorau i wneud y stafell mor gartrefol â phosib i ti. Y llyfrau a'r CDs ar y silffoedd, y cloc digidol a'r calendr, y cannoedd o luniau a  chardiau cyfarch ar y pinfwrdd ac yn yr albwm a'r llyfr sgrap, y gorchudd gwely a'r cas gobennydd, y poster 'You'll Never Walk Alone', yr iPad a'r camera digidol a'r llu o anrhegion eraill... Maen nhw i gyd wedi'u pacio'n ofalus, yn barod i gael eu dadbacio yn nes ymlaen y prynhawn 'ma yn dy stafell newydd di yng Nghanolfan yr Enfys.

Fe gawson ni wybod ddechrau'r wythnos fod dy gais di wedi cael ei dderbyn ac y byddai gwely'n dod yn rhydd heddiw, bythefnos union ar ôl i ni fod yno'n ymweld. Rwyt ti wedi bod yn hynod lwcus, Lleu, ac r'yn ni i gyd mor hapus – a chyffrous – drosot ti!

Y gobaith yw y byddi di yng Nghanolfan yr Enfys am wyth wythnos, ac mae cydlynydd gofal wedi'i benodi ar dy gyfer di – dyn o'r enw Siôn y cwrddon ni â fe pan aethon ni draw i'r ganolfan bythefnos yn ôl. Mae Siôn wedi paratoi rhaglen adfer arbennig i ti tra byddi di yno sy'n cynnwys pob math o sesiynau therapi – therapi galwedigaethol, ffisiotherapi, therapi iaith a lleferydd, therapi chwarae a cherddoriaeth. Y bwriad yw adeiladu ar y sgiliau rwyt ti wedi eu hadfer yn barod, a bydd pwyslais mawr ar adfer sgiliau 'bywyd bob dydd' – pethau fel dweud yr amser, gofalu amdanat ti dy hun a rheoli arian. Byddi di hefyd yn cael 'gwersi' anffurfiol dyddiol gydag athrawon arbenigol yn y stafelloedd dosbarth – gwersi Cymraeg, Saesneg, Mathemateg a Gwyddoniaeth i gychwyn – er mwyn dy baratoi di at fynd 'nôl i'r ysgol. Achos y gobaith yw, Lleu, os eith popeth yn iawn yng Nghanolfan yr Enfys, y byddi di'n cael dod adre ddechrau mis Hydref ac yn cychwyn yn yr ysgol uwchradd ym mis Tachwedd, ar ôl y gwyliau hanner tymor! Byddi di'n dod am foreau yn unig i ddechrau ac mae'n debygol y bydd angen i gynorthwy-ydd arbennig fod gyda ti i dy helpu di yn ystod y misoedd cyntaf. Ac, wrth gwrs, fe fydda i yno i fod yn gefn i ti, yn ogystal ag Efan a Gethin a Tommy, a Gwenno a Sara a llu o bobl eraill hefyd. Fedra i ddim aros, Lleu!

Bydd Mam yn aros gyda ti yng Nghanolfan yr Enfys am yr wyth wythnos tra byddi di yno, ac mae Dr Sarah wedi trefnu i Erin fod yno am yr wythnos gyntaf hefyd. Dwi'n falch o hynny, Lleu – rwyt ti'n hoff iawn o Erin ac mae hi wedi bod yn help amhrisiadwy i ni i gyd dros y misoedd diwethaf.

Os eith popeth yn iawn, felly, byddi di adre yn Llwyncelyn – yn Afallon – o fewn dau fis! Ar ôl yr holl fisoedd, roeddwn i bron wedi dechrau credu na fyddai hynny byth yn digwydd! Adre i Lwyncelyn, Lleu – at Mam a Dad a Cadi a fi, at Efan a Gethin a Tommy, a'r holl bobl eraill sydd wedi bod yn holi amdanat ti, yn gweddïo drosot ti, yn codi'r holl arian ar dy gyfer di... Bydd tipyn o'r arian hwnnw'n cael ei wario ar addasu'r tŷ – fe gei di stafell wely *en suite* ar y llawr gwaelod fel na fydd yn rhaid i ti ddringo'r grisiau i'r llofft.

Mae Mam yn gobeithio mynd 'nôl i'r gwaith yn rhan amser ym mis Tachwedd, wrth i ti ddechrau yn yr ysgol. Bydd hynny'n gwneud lles iddi, er y bydd hi'n rhyfedd iawn i ni i gyd drio mynd 'nôl i ryw fath o rwtîn ar ôl digwyddiadau'r saith mis diwethaf. R'yn ni i gyd wedi hen dderbyn erbyn hyn, wrth gwrs, na fydd bywyd byth fel yr oedd e cyn dy ddamwain di ond r'yn ni wedi dysgu dygymod ac addasu. Wyt, rwyt ti wedi newid, Lleu... ac r'yn ninnau wedi gorfod newid hefyd.

A'r hyn sy'n ein cadw ni'n gryf – Mam a Dad a fi – yw dy gryfder a dy benderfyniad di. Rwyt ti wedi gweithio mor galed ac wedi bod yn ysbrydoliaeth i ni i gyd o'r funud y gwnest ti ddeffro o'r coma. Ie, 'go slow' oedd hi, Lleu, ond mae'n anodd coelio pa mor bell rwyt ti wedi dod. Ac fe fyddi di'n parhau i ddatblygu hefyd. O'r diwedd, r'yn ni'n mwynhau gallu edrych ymlaen at y dyfodol.

Ie, edrych ymlaen, Lleu. Falle'i bod hi'n bryd cau'r drws ar yr hyn ddigwyddodd i ti fore Calan, a meddwl am yr hyn sy'n mynd i ddigwydd dros y misoedd a'r blynyddoedd nesaf. Falle fod yn rhaid derbyn na fyddwn ni byth yn gwybod yn iawn sut cest ti dy daro y bore hwnnw, na gan bwy, na pham i'r gyrrwr dy adael di'n anymwybodol ar ochr y ffordd. Falle fod yn rhaid cau'r bennod honno, unwaith ac am byth, a chanolbwyntio ar y bennod nesaf sydd ar fin cychwyn...

Ydw, Lleu, dwi'n mwydro eto! Rwyt ti wedi ailddysgu dweud y frawddeg honno erbyn hyn, gyda help Erin – "Cain, stopia fwydro!" – ac yn ei defnyddio hi'n reit aml unwaith eto! Gwell i fi symud, beth bynnag – mae Dad yn trio dal fy sylw i er mwyn dweud ei bod hi'n bryd i ni adael. Mae dy fagiau di i gyd wedi'u pacio a'u cario lawr i'r car, ac mae'r stafell a fu'n gartref i ti dros y pum mis diwethaf yn foel a llwm unwaith eto. Rwyt ti wedi ffarwelio â Dr Sarah a gweddill doctoriaid a nyrsys yr uned. Roedd hynny'n anodd – dwi'n siŵr i fi weld deigryn yng nghornel llygad Dad, hyd yn oed! Sut gallwn ni fyth ddiolch iddyn nhw am y cyfan maen nhw wedi'i wneud drosot ti? O leiaf doedd dim rhaid ffarwelio ag Erin – ddim heddiw, beth bynnag.

Felly'r cyfan sydd ar ôl yw i fi orffen sgrifennu yn hwn, y dyddiadur ffyddlon sydd wedi chwarae rhan mor ganolog yn fy mywyd i dros y misoedd diwethaf. Pan ddechreuais i sgrifennu ynddo fe, ar Fawrth y cyntaf, gwneud er dy fwyn di oeddwn i, gan i'r doctoriaid yn yr Uned Gofal Dwys awgrymu y gallai e fod yn help i ti, pan fyddet ti'n barod i'w ddarllen e. Ychydig a wyddwn i bryd hynny faint o help fyddai e i fi – mae cael bwrw 'mol yn hwn wedi bod yn therapi i fi heb os! Ond dwi'n sylweddoli ei bod hi'n bryd i'r sgrifennu ddod i ben. Yn un peth, does dim lle ar ôl yn y llyfr nodiadau 'ma – dwi wedi cyrraedd y dudalen olaf un! Ac, o'r diwedd, rwyt ti *yn* barod – yn barod i'w ddarllen e, yn barod i drio gwneud synnwyr o bwy wyt ti, pwy oeddet ti a phwy fyddi di eto, gobeithio. Ie, Lleu – un bennod yn cau, un arall yn cychwyn...

Dyma ti, 'te, Lleu.

Â'r cariad mwyaf, am byth,

Dy chwaer, dy efaill, dy ffrind gorau di (yn ogystal â Cadi, wrth gwrs!),

Cain xxx

Hydref

Cododd Tommy yn araf bach o'i wely. Cerddodd ar flaenau'i draed draw at y drws. Safodd yno'n gwrando'n astud am rai eiliadau. Dim siw na miw. Faint o'r gloch oedd hi, tybed? Roedd hi'n dechrau goleuo y tu allan. Tua chwech, o bosib?

Chysgodd e'r un winc neithiwr. Rhwng y boen yn ei foch a'r meddyliau di-ri a fynnai droi a throsi yn ei ben fe wyddai, pan aeth i'r gwely, nad oedd gobaith iddo gysgu. Ac wrth godi heddiw, a chlywed synau'r bore bach yn treiddio'n araf drwy'r ffenest, gwyddai hefyd taw dyma'r diwrnod fyddai'n newid popeth am byth. Roedd yn *rhaid* i bopeth newid – doedd dim dewis arall. Dim dewis o gwbl. Roedd e wedi gwneud y penderfyniad a doedd dim troi 'nôl. Roedd ganddo'r pŵer, o'r diwedd, i wella pethau ac roedd e'n mynd i fod yn ddewr, am unwaith yn ei fywyd.

Cyneuodd y lamp fechan wrth ei wely, a syllu'n hir ar ei adlewyrchiad yn y drych ar y wal. Faint o weithiau roedd e wedi gwneud hyn o'r blaen – syllu a syllu ar y briwiau a'r cleisiau dros ei wyneb a'i gorff, a theimlo'r casineb yn tyfu tu mewn iddo? Heb sôn am y cleisiau meddyliol nad oedd modd eu gweld, ond a frifai'n waeth, os rhywbeth. Roedd ei foch dde'n biws ac wedi chwyddo'n fawr. Byddai'n cychwyn ar ei ddiwrnod cyntaf yn yr ysgol uwchradd fory â golwg fel hyn arno. Berwodd y chwerwder yn ei waed.

Aeth 'nôl at y drws, a'i agor yn araf bach, gan weddïo'n daer na fyddai'n gwichian. Roedd popeth yn llonydd ar y landin. Ar flaenau'i draed, croesodd draw at ddrws stafell wely Jasmine. Agorodd hwnnw yr un mor araf a gofalus. Rhoddodd ei stumog naid wrth iddo sylwi bod gwely ei hanner chwaer fach yn wag. Ble…? Beth…? Diferodd y chwys ar ei dalcen ac i lawr ei asgwrn cefn. Roedd hi yno neithiwr, yn ei gwely ei hun, ar ôl... ar ôl i Craig... adael. Fe welodd Tommy hi â'i lygaid ei hun, a'i chlywed yn crio'n dawel wrth fynd i gysgu. Roedd hi'n *saff* neithiwr – gwnaeth Tommy yn siŵr o hynny, cyn iddo yntau fynd i'r gwely. Ond bore 'ma... ble *roedd* hi? Aeth cant a mil o syniadau erchyll trwy'i feddwl. Ei fai *e* oedd hyn, ddylai e byth fod wedi'i gadael hi ar ei phen ei hun...

Aeth draw ar ei union at stafell wely ei fam a Craig. Wyddai e ddim beth roedd e'n disgwyl ei weld wrth agor y drws, ond fuodd e erioed cyn falched o weld ei fam yn cwtsho'n dynn, dynn yn Jasmine. Diolch byth.

Aeth yn nes at y gwely, a gweld bod llygaid y ddwy wedi'u cau'n dynn. Roedd ôl dagrau wedi sychu ar eu hwynebau, a'r gwaed yn drwch ar wefus Mam ac ar y clustog gwyn o dan ei phen. Syllodd Tommy arni am rai eiliadau. Edrychai mor wan, mor ddiamddiffyn, mor gwbl ddrylliedig.

"Mam?" sibrydodd yn ysgafn.

Dim ateb. Oedden nhw'n cysgu, tybed? Tybiai Tommy fod Jasmine yn cysgu, ond doedd e ddim mor siŵr am ei fam. Cau'i llygaid er mwyn trio cau'r byd allan oedd hi, fel na fyddai'n rhaid iddi feddwl na phoeni na theimlo, na *brifo*, mwyach. Roedd hi wedi hen arfer â gwneud hynny, ac roedd Tommy wedi hen arfer â'i gweld hi'n gwneud.

Felly roedd y ddwy'n saff. Roedd e wedi dychmygu cant a mil o bethau echrydus yn nüwch y nos neithiwr, ar ôl i Craig adael. Gallai e'n hawdd fod wedi dod 'nôl a...

Doedd dim gwerth meddwl am hynny bellach.

Trodd ei gefn ar y stafell wely a chroesi'r landin at

y stafell ymolchi. Gadawodd i'r dŵr oer lifo o'r tap, a thaflodd ddiferion rhewllyd dros ei wyneb. Roedd hi'n fore clòs – diwrnod cyntaf mis Medi – ac roedd Tommy'n chwys diferu.

Aeth at y grisiau a chamu o un gris i lawr i'r nesaf yn araf, araf, gan gymryd y gofal mwyaf ble gosodai ei draed. Fedrai e ddim fforddio gwneud yr un smic, yr un camgymeriad – byddai hynny'n drychinebus. Er, o gyrraedd y gwaelod, sylweddolodd nad oedd angen iddo boeni. Boddai sain byddarol y teledu a dreiddiai o'r stafell fyw holl synau eraill y tŷ.

Wyddai Tommy ddim oedd e'n disgwyl gweld Craig ai peidio pan agorodd ddrws y stafell fyw, ond dyna lle'r oedd e, yn gorwedd ar ei hyd ar draws y soffa, yn chwyrnu'n braf, a chaniau lager a phecynnau sigaréts gwag o'i gwmpas. Yr un hen olygfa gyfarwydd, droëdig, a'r un hen arogl afiach.

A'r un fyddai'n digwydd wedi iddo ddeffro – yr un fath yn union â phob diwrnod arall. Agor can o lager yn syth i wella'r cur yn ei ben: "Hair of the dog, innit!" Gwenu'n braf ac ymddwyn fel pe na bai gweiddi a bygwth a dyrnu'r noson cynt wedi digwydd. Am ychydig, o leiaf. Byddai'r hen Craig yn siŵr o ddychwelyd yn y man – fel bob tro. Roedd saith mlynedd galed wedi profi hynny i Tommy.

Syllodd yn hir ar ei lystad yn gorwedd yn lwmpyn chwyslyd, ffiaidd. Wyddai e ddim fod modd teimlo cymaint o gasineb tuag at berson arall.

"Dwi'n dy gasáu di, Craig," sibrydodd, mewn Cymraeg perffaith. Gwyddai nad oedd gobaith i'w lystad ei ddeall, hyd yn oed pe clywai'r hyn a ddywedodd, ac roedd hynny'n annhebygol. Fyddai Craig ddim yn deffro o'i drwmgwsg meddwol am oriau eto.

Wrth adael y stafell fyw a cherdded trwy'r gegin at ddrws y cefn, meddyliodd Tommy tybed a fyddai ganddo'r hyder – y *rhyddid* – i ddweud y geiriau hynny yn Saesneg wrth ei lystad rhyw ddiwrnod:

"I hate you, Craig."

Byddai, gobeithio. Cyn hir, gobeithio…

Rhyddid. Am air hyfryd ac arbennig, meddyliodd Tommy. Roedd unrhyw beth yn bosib, o gael rhyddid. Fedrai e ddim cofio'r tro diwethaf iddo deimlo'n rhydd, ddim go iawn.

Wrth ddatgloi drws y cefn, sylwodd o gornel ei lygad ar y gyllell fara finiog, â gwaed gwefus ei fam ar ei llafn o hyd, wedi'i gadael wrth y sinc. Cofiodd am yr olygfa neithiwr – ei fam yn ei dagrau yn ymbil ar Craig i beidio; hwnnw'n rhegi a gweiddi a bytheirio; Jasmine yn crio ac yn cuddio'i phen yn ei fynwes yntau wrth iddo drio'i orau i amddiffyn ei fam a'i hanner chwaer fach…

Ac yna, wedi'r gyflafan, yr un hen eiriau gwag, diemosiwn, diedifar:

"I'm going out. I need some peace and quiet!"

Oedd, roedd yr olygfa neithiwr yn union fel degau o olygfeydd cyfarwydd eraill. Ac eto, roedd rhywbeth yn wahanol iawn am neithiwr – rhywbeth a wnaeth i Tommy sylweddoli bod yn *rhaid* i bethau newid, unwaith ac am byth. Neithiwr, fe gododd Craig ei law at Jasmine am y tro cyntaf.

Teimlai Tommy'n benysgafn wrth sefyll yno'n hel meddyliau, ac agorodd ddrws y gegin er mwyn cael awyr iach. Camodd i'r ardd gefn. Iard gefn oedd hi mewn gwirionedd, a honno'n llawn sothach ac annibendod. Hen beiriannau golchi a sychu dillad, darnau o geir, hen rewgelloedd ac oergelloedd a chyfrifiaduron. Y cyfan wedi cyrraedd trwy law 'ffrindiau' amheus Craig, o Lerpwl, Birmingham, Manceinion, Caerdydd...

"I'll sell them, see. Make a packet..."

Anaml iawn y byddai'r sothach yn cael eu prynu na'u gwerthu am arian – cael eu cyfnewid am fwy fyth o sothach neu am 'ffafrau arbennig' fydden nhw fel arfer, ac roedd Tommy'n bendant na thalodd Craig geiniog am yr un eitem erioed.

Eisteddodd ar un o'r unig ddarnau gwag o goncrid, a gorffwys ei ben yn ei ddwylo. Roedd e wedi blino cymaint – nid yn unig oherwydd diffyg cwsg y noson cynt, ond oherwydd holl straen yr wythnosau a'r misoedd a'r blynyddoedd diwethaf. Sut yn y byd ddaeth pethau i hyn? Oedd yna gyfnod, saith mlynedd a mwy yn ôl – cyn i'w fam gwrdd â Craig – pan oedden nhw'n hapus? Yn *rhydd*? Fedrai Tommy ddim cofio... Roedd Craig wedi bod yn rhan o'i fywyd er pan oedd yn bedair oed, wedi'r cyfan.

Roedd Tommy wedi meddwl yn aml am ei dad go iawn dros y blynyddoedd ac wedi ysu am gael gwybod mwy amdano. Ond roedd Craig wedi'i wahardd ef a'i fam rhag siarad amdano, gan boeri, yn llythrennol, bob tro y câi ei enw ei grybwyll. Fe ddychmygodd droeon fod ei dad yn ddyn busnes cyfoethog, yn byw mewn tŷ mawr crand, ac y byddai'n ymddangos ar garreg y drws ryw ddiwrnod er mwyn ei helpu fe a Mam a Jasmine i ddianc. Byddai ei dad yn ddyn ffeind, caredig, doniol, parchus. Ddim yn gachgi fel Craig.

Dyna roedd Tommy'n breuddwydio amdano pan oedd e'n iau. Roedd e'n hŷn erbyn hyn ac wedi hen sylweddoli nad oedd breuddwydion felly'n dod yn wir. I bobl mewn ffilmiau neu operâu sebon, falle, ond ddim i bobl go iawn. Ddim i bobl fel fe.

Crwydrodd meddwl Tommy yn ôl at neithiwr. Do, fe drawodd Craig Jasmine yn galed ar ei braich. Dim ond pedair oed oedd hi! Ac roedd hi'n ferch o gig a gwaed iddo, nid fel Tommy. Beth ddaeth i'w feddwl i wneud y ffasiwn beth? Ond roedd Tommy wedi hen roi'r gorau i geisio deall sut roedd meddwl Craig yn gweithio.

Ar ôl i Jasmine gael ei geni, fe ddotiodd Craig yn lân at ei ferch fach. "My little princess this" a "My little princess that" oedd hi. Ond pharodd hynny ddim llawer – fe gollodd bob diddordeb ac amynedd yn sydyn iawn. Roedd y dafarn a'i ffrindiau yn denu'i sylw yn fwy na merch fach sgrechlyd.

A'r un fu patrwm eu bywydau nhw ers blynyddoedd bellach. Glanio mewn dinas neu dre neu bentre dieithr ar hyd a lled Prydain lle doedden nhw'n adnabod neb a neb yn eu hadnabod nhw. Setlo am flwyddyn neu ddwy, heb glosio'n ormodol at unrhyw un. Colli dyddiau di-ri o ysgol gan fod y cleisiau'n rhy amlwg, yn rhy amrwd, ac aros gartref i guddio yn haws o lawer nag ateb cwestiynau lletchwith athrawon a phlant. Codi pac yn ddisymwth ganol nos, gan adael misoedd o rent a biliau heb eu talu er mwyn symud ymlaen i'r lle nesaf, i ddechrau eto...

Ond roedd Llwyncelyn yn wahanol. Teimlai Tommy

iddo setlo yma reit o'r cychwyn, a Jasmine hefyd. Roedden nhw'n hapus yn yr ysgol, ac wedi dysgu siarad Cymraeg. Fe godai hynny wrychyn Craig yn fwy na dim – yn enwedig gan fod modd iddyn nhw siarad amdano yn ei ŵydd heb iddo'u deall. Roedden nhw wedi gwneud ffrindiau da, ffrindiau caredig, ffrindiau arbennig...

Ond fe lwyddodd Craig i ddifetha hynny, hyd yn oed...

Ionawr y cyntaf, wyth mis union yn ôl. Teimlai'r cyfan yn bellach o lawer yn ôl na hynny i Tommy. Teimlai iddo fyw gyda'r gyfrinach fawr yn bwyta'i du mewn ers tragwyddoldeb.

Sawl gwaith roedd e wedi ail-fyw digwyddiadau'r diwrnod hwnnw yn ei ben, dro ar ôl tro?

Deffro'n gynnar i glywed sŵn cyfarwydd Craig yn bytheirio Mam yn ei feddwdod. Gwrando am sŵn anorfod clepian drws y ffrynt, a'r geiriau chwerw, crac:

"I'm going out. You're driving me mad! What a way to start a new year!"

Ciledrych trwy lenni ei stafell wely ar y car coch yn sgrialu'n wyllt i lawr y ffordd, a'r gyrrwr meddw'n fyddar i ymbilio taer ei wraig,

"Don't, Craig, come back! You're drunk! Please don't..."

Gorwedd yn ei wely'n cynllwynio'r cynllun diweddaraf er mwyn dianc, er mwyn dod â'r cyfan i ben, gan wybod na fyddai byth yn cael ei wireddu. Cael sioc o glywed allwedd Craig yng nghlo drws y ffrynt, lai na dwy awr wedi iddo adael. Fel arfer fyddai e ddim yn dychwelyd nes i dafarnau'r dre gau eu drysau yn oriau mân y bore canlynol. Chlywodd e ddim mo sŵn y car yn cael ei barcio y tu allan i'r tŷ chwaith.

Aros am y geiriau siarp, diamynedd:

"Just leave me alone, I'm going to bed!"

Dod wyneb yn wyneb â'i lystad ar y landin, a synhwyro golwg wyllt, anystywallt – gwaeth na'r arfer, hyd yn oed – yn ei lygaid. Clywed y panig yn ei lais:

"What you looking at? Move out of my way!"

O'i stafell wely, clustfeinio ar Craig yn siarad ar ei ffôn symudol:

"Yeah, yeah, it's in the old industrial estate in town. Yeah, yeah. Would you do that for me, ASAP? Cheers, mate. Yeah, just take it back to Manchester, get rid of it – put a match under it, whatever – I don't care! Great. Cheers. I owe you one!"

Ac yna, yn hwyrach y prynhawn hwnnw, wrth wylio'r newyddion ar y teledu, sylweddoli'n syth yr hyn a ddigwyddodd, yr hyn a wnaeth ei lystad. Chwe gair yn unig ddywedodd Craig ar y pryd, ond roedden nhw'n ddigon. Yn hen ddigon. Ac roedd y bygythiad yn ei lygaid yn fwy na digon hefyd.

"I was here all morning, right?"

Rhedeg i'r stafell ymolchi a chwydu'i berfedd i'r tŷ bach. Gorwedd yn ei wely am oriau'n crio a chrynu gan bryder, gan ofid, gan *ofn*. Lleu druan. Ei ffrind gorau. Ei unig ffrind go iawn yn y byd i gyd. Fedrai hyn ddim bod yn digwydd. *Fedrai* e ddim…

Ac yna'r misoedd o fyw celwydd, o fethu dweud unrhyw beth, er cymaint roedd e'n dyheu am wneud, er cymaint roedd e'n gwybod taw dyna fyddai'r peth iawn i'w wneud. Y misoedd o gael ei barlysu gan euogrwydd ac unigrwydd. Y misoedd o deimlo taw fe oedd y ffrind gwaethaf yn y byd i gyd. Y misoedd o deimlo ar y cyrion, wrth i'r pentre i gyd uno yn eu cefnogaeth i Lleu a'i deulu. Y misoedd o deimlo cywilydd wrth glosio at – ac yna pellhau, yn fwriadol, oddi wrth – Cain, ac wrth gadw draw oddi wrth Lleu yn yr ysbyty. Y misoedd o ddisgwyl, unrhyw funud, am gyhoeddiad Craig eu bod nhw'n codi pac a gadael. Ond roedd y ffaith na ddaeth y cyhoeddiad hwnnw yn fwy fyth o brawf o haerllugrwydd ei lystad.

Y misoedd o deimlo'r casineb tuag at Craig yn tyfu yn nyfnderoedd ei enaid. Oedd, roedd e wedi gwneud pethau gwael yn y gorffennol, ond roedd hyn yn llawer, llawer gwaeth...

Roedd ei fam yn gwybod popeth hefyd – wrth gwrs ei bod hi. Doedd hi ddim yn dwp. Fe wydden nhw ill dau nad oedd yr esboniad tila dros ddiflaniad y car coch – "I needed the cash!" – yn dal dŵr. Roedd Tommy wedi ymbil arni i wneud rhywbeth, i ddweud y cyfan wrth yr heddlu, ond roedd hi'r un mor ddiymadferth ag yntau. Pa dystiolaeth oedd ganddyn nhw? Dim byd. Roedd y cyfan wedi diflannu mewn cwmwl o fwg, rywle draw ym Manceinion...

Tan neithiwr. Neithiwr fe lwyddodd Tommy i gael yr hyn y bu'n dyheu amdano ers y cychwyn. Cyfaddefiad meddw, ar ôl oriau o brocio a herio, a hwnnw wedi'i recordio'n gudd ar ffôn symudol ei fam.

Byseddodd y ffôn ym mhoced ei jîns. Gwyddai taw'r teclyn bychan hwn oedd yr allwedd i ddod â'r cyfan i ben, o'r diwedd. Yr allwedd i'r gwir. Yr allwedd i *ryddid*.

Neidiodd ar ei draed. Beth yn y byd oedd e'n ei wneud yn eistedd fan hyn yn hel meddyliau am yr un hen beth eto fyth? Gallai Craig ddeffro unrhyw funud. Doedd dim eiliad i'w golli.

'Nôl yn y stafell fyw, cymerodd Tommy un cip olaf ar ei lystad meddw. Wyddai e ddim os oedd e'n ei gasáu e mwyach, hyd yn oed. Doedd e'n teimlo dim tuag ato. Dim byd, dim ond gwacter.

Yn ei stafell wely, roedd ei fam yn dal i gydio'n dynn yn Jasmine. Falle'i bod hi'n cysgu go iawn erbyn hyn, meddyliodd Tommy. Falle fod blinder llwyr wedi'i gorfodi hi i gysgu. Wrth syllu arni, fedrai e ddim peidio â sylwi pa mor heddychlon yr edrychai y tro hwn, fel pe bai holl bwysau'r byd wedi'i godi, yn sydyn reit, oddi ar ei hysgwyddau. Doedd e ddim wedi ei gweld hi'n edrych fel hyn ers amser hir. Am beth roedd hi'n breuddwydio, tybed?

Yn ei stafell wely yntau, edrychodd Tommy eto ar ei adlewyrchiad yn y drych, cyn eistedd ar ei wely. Tynnodd y ddwy eitem y bu'n eu trysori ers misoedd o'u cuddfan o dan ei obennydd, ymhell o gyrraedd pawb. Y llythyr o ddiolch gan Lleu o'r ysbyty, a'r llun ohonyn nhw ill dau ar ddiwrnod mabolgampau'r ysgol y llynedd. Y ddau'n gwenu ar y camera ar ddiwrnod braf o haf, heb ofid yn y byd.

"Sori, Lleu," sibrydodd yn dawel. "Dwi mor sori."

Crynai ei ddwylo'n ddireolaeth wrth iddo dynnu'r ffôn symudol o'i boced. 7:01yb. Byddai'n cofio'r union amser hwnnw am byth.

Tynnodd sawl anadl ddofn, cyn pwyso'r rhif naw yn

gadarn dair gwaith. Gwyddai nad oedd troi 'nôl mwyach. Doedd dim dewis. Roedd yn rhaid iddo wneud hyn. Roedd yn rhaid bod yn ddewr. Er mwyn ei fam, er mwyn Jasmine, er ei fwyn ei hun.

Er mwyn Lleu.

"Hello. Police, please. I'd like to report a crime…"

MARED LLWYD

Aderyn Brau

Cyfres yr Onnen

yr Lolfa

£5.95

Am restr gyflawn o lyfrau'r Lolfa, mynnwch
gopi am ddim o'n catalog
neu hwyliwch i mewn i'n gwefan

www.ylolfa.com

lle gallwch archebu llyfrau ar-lein.

TALYBONT CEREDIGION CYMRU SY24 5HE
ebost ylolfa@ylolfa.com
gwefan www.ylolfa.com
ffôn 01970 832 304
ffacs 832 782